Wanneer Kuber-liefde Tuimel

Tanja Joubert

Outeur: Tanja Joubert
Voorbladontwerp: Malherbe Uitgewers

Geset in Franklin Gothic Book 12pt

Uitgegee en gedruk deur
Malherbe Uitgewers

Vrywaring

Hierdie boek is fiksie en enige ooreenkoms met 'n werklike persoon, plek of gebeurtenis is bloot toevallig.

Opgedra aan: Ina, Heidi en Lili

Hoofstuk 1

Alet druk die voordeur saggies agter haar toe om nie die kinders wakker te maak nie. In die gang loer sy eers by Kaitlin en Johan se kamerdeure in om seker te maak hulle slaap rustig en het genoeg komberse om nie koud te kry nie. Daarna stap sy voel-voel in die donker met die trappe op na haar slaapkamer.

Sy gooi haar handsak op die bed neer en gaan sit op die rand van die bed met 'n gelukkige glimlag om haar lippe. Vanaand se afspraak het regtig goed gegaan. Sy was baie senuweeagtig voor die tyd want dis die eerste keer dat sy weer met iemand van die teenoorgestelde geslag uitgegaan het nadat sy agt jaar gelede haar man aan die dood afgestaan het. Nou wonder sy hoekom sy so gespanne was. Dit was heeltemal onnodig want die aand was 'n reuse sukses.

Dit het gelyk of Bernhard dit ook baie geniet het. Hy het elke woord wat sy gesê het, ingedrink, behoorlik aan haar lippe gehang. Wat 'n hoflike en goedgemanierde man!

Alet val agteroor op die bed met uitgestrekte arms en 'n genotvolle sug. Sy wil nog so bietjie droom oor die aand wat verby is voordat sy gaan slaap. Sy druk haar vingers peinsend teen haar lippe en wonder droomverlore hoe dit sal voel om hom te soen.

Daar was nog so baie wat sy Bernhard wou vra. Oor sy agtergrond, sy familie, waar hy bly en sy werk. Hy het haar baie uitgevra oor haar lewe, maar háár vrae het hy bly ontwyk.

Sy begin die gespes van haar fyn, goue sandale ingedagte losmaak. Sy staar droomverlore na die oorkantste muur en in haar verbeelding sien sy hom met sy dik, grys bos hare. Sy wakker oë en sensuele mond is genoeg om haar knieë lam te maak. Dié man is, wat haar aan betref, onmoontlik aantreklik.

In haar gedagtes herroep sy die afgelope paar maande en giggelend onthou sy daardie dag. Sy het haar rekenaar oopgemaak en Bernhard se profiel het op die skerm verskyn. Sy eerste boodskap aan haar was:

As jy dink ek dring myself op, delete asseblief my boodskap maar ek wil jou baie graag beter leer ken.

Natuurlik is jy welkom. Ek ontmoet graag nuwe mense.

Soos jy gesien het, my naam is Bernhard. Ek weet jy is Alet. Waar bly jy?

Dit is hoe dit begin het. Bernhard was net daar. Hulle vriendskap het met rasse skrede gegroei; daar het nie 'n dag verbygegaan wat hulle nie kontak gehad het nie. Haar foon was altyd by haar, selfs as sy gaan bad. Miskien mis sy 'n boodskap van Bernhard! Hulle het baie gesels, maar nooit oor sý lewe nie.

Dit was 'n wonderwerk toe hy so rukkie gelede gesê het dat hy stad toe kom. Sy was uit haar kassie van opgewondenheid om te dink dat sy hom in lewende lywe gaan ontmoet. Haar hart wou uit haar borskas klim en die dae het soos weke verby gesloer.

Vanaand was die groot aand: hulle eerste fisiese ontmoeting. Die groot, aantreklike man wat haar hand so sag in syne geneem het, het alle twyfel uit haar hart verban. Hy is net soos sy hom voorgestel het.

Alet trek die swart aandrok oor haar kop terwyl haar gedagtes rondsweef. Sy dink aan Kaitlin se kommentaar op van Bernhard se Facebookfoto's. Natuurlik moes sy vir Kaitlin van hom vertel want sy wou weet hoekom haar ma die afgelope tyd so vasgekluister was aan haar foon. Dat sy en Bernhard baie kontak oor die internet het, was vir Kaitlin ietwat van 'n skok en sy onthou nog goed wat Kaitlin se reaksie was:

"Nee, rêrig, Ma, hy is heeltemal te oud vir jou!"

Sy bly wonder of sy nie die wonderwerk van 'n nuwe liefde nog bietjie vir haarself moes gehou het nie. Veral omdat Kaitlin 'n tiener is en begin bewus raak van verhoudings met die teenoorgestelde geslag. Alet giggel weer sag by haarself as sy aan Kaitlin se verbaasde gesig dink toe sy besef haar ma het 'n spesiale vriend.

Wat sal die beste manier wees om die kinders te vertel dat sy en Bernhard reeds ontmoet het? Kaitlin kan juis so moeilik wees en sy het nie lus vir konflik nie.

In die badkamer staar sy na haarself in die spieël terwyl sy haar kop van kant tot kant draai. Sy is reeds vyf-en-veertig maar sy weet sy lyk goed vir haar ouderdom. Bernhard het verras gelyk toe hy haar vanaand die eerste keer in die restaurant gesien het. Sy skud haar skouerlengte blonde hare heen en weer. Die sonstrepies wat die haarkapper verlede week ingesit het, lyk baie natuurlik en steek die grys hare uitstekend weg.

Alet gee 'n lang gaap terwyl sy haar grimering afhaal. Dan sug sy behaaglik wanneer sy tussen die satynlakens ingly en gaan lê op haar rug met haar arms onder haar kop terwyl sy in die donker staar.

Sy weet sy sal Bernhard en die kinders aan mekaar moet voorstel. Kaitlin het vir Johan vertel van Bernhard en hulle is nuuskierig oor haar vriendskap en dit nogal met 'n man. Wat dink hulle dan? Na agt jaar begin die eensaamheid haar darem mos nou regtig vang.

Sy wonder of Bernhard ook kinders het? Noudat sy mooi daaroor dink, sy het so baie oor haar gesin gepraat dat sy hom miskien nie 'n kans gegee het nie. Dat hy op sy ouderdom nog kinderloos is, is byna onmoontlik.

Hoe hy regtig oor 'n vrou met twee tieners voel, is nog vir haar 'n raaisel. Sal hy haar kinders kan aanvaar? Sy glo hy is so 'n spesiale mens dat hy Kaitlin met al haar streke sal kan hanteer. Sy het haar pa op 'n baie gevoelige ouderdom verloor. Haar hart klop vinniger as sy die prentjie sien van Bernhard in haar huis as 'pa' vir haar kinders.

Kaitlin dink juis hy lyk soos 'n oupa. Gmpf, sy moet haar wat verbeel! Sy weet Kaitlin gaan binnekort haar hele siening van hom verander, sy moet hom net ontmoet. Maar ai, die dogter van haar is so uitgesproke en ontaktvol. Johan is meer saggeaard as sy sussie. Sy glo sy behoefte aan 'n vaderfiguur sal maak dat Johan Bernhard makliker aanvaar. Hy was maar 'n kleuter toe sy pa oorlede is. Fronsend draai sy op haar sy. Sy sal die situasie baie sensitief moet benader.

Sy wil nie haar en Bernhard se verhouding laat skipbreuk ly as gevolg van negatiwiteit van Kaitlin se kant af nie. Kaitlin floreer deesdae onder tiener-tantrums.

Alet rol om op haar ander sy en vou haar hande onder haar wang. Dalk moet sy vir Rina raad vra. Sy weet hoe haar kop werk en sy ken vir Alet asof hulle susters is. Môre-oggend terwyl die kinders by vriende gaan kuier, sal sy met Rina gaan praat. Hulle is vriendinne van skooldae af en sy weet Rina sal verstaan. Dit sal makliker wees om met die kinders te praat as sy alreeds haar geheim met iemand gedeel het. Sy wil dit nie te lank uitstel nie; môre deur die dag sal sy ernstig met die kinders praat.

Alet rol weer om op haar ander sy en loer na die wekker op haar bedkassie. Dis al lank na middernag en sy beter nou slaap as sy nie môre soos 'n uitgewaste lap wil voel nie.

'n Uur later lê sy egter nog steeds met oop oë starend in die donker en luister hoe die horlosie se wysers die minute omtik.

Hoofstuk 2

Die stadsverkeer is vir Bernhard 'n verrassing vir hierdie tyd van die aand. Hy is nie daaraan gewoond nie want sy tuisdorp is klein en baie rustig. Dit is net na elf en die flieks is seker so pas uit. Stadsverkeer is iets waaraan hy sal moet gewoond raak.

Hy glimlag by homself as hy dink daar is niks wat 'n man weer bietjie woema gee soos uiteet, wyn en 'n mooi vrou nie.

Soos 'n heerlike tafereel speel die aand in sy verbeelding af. Alet is mooier as wat hy verwag het. Sy is in haar middel veertigs maar lyk veel jonger. Haar postuur is netjies en haar houding statig, byna asof sy gewoond is om 'n kroon te dra.

Hy lag skalks in die donker terwyl hy die motor deur die verkeer vleg. Die stad is vir hom nog bietjie vreemd maar hy vind tog sy weg tot by die gastehuis waar hy tuisgaan.

Nadat hy die motor wat hy van Ronel geleen het, onder die afdak parkeer het, haal hy sy selfoon uit die paneelkassie om seker te maak daar was nie boodskappe nie. Tevrede dat niemand hom gesoek het nie, plaas hy die foon in sy sak en stap na die voordeur, 'n sagte glimlag om sy mond.

"Haai Bernhard, jy het vroeg verdwyn vanmiddag. Ons wou jou nog nooi vir 'n drankie maar jy was reeds weg." Ronel, een van sy kollegas, staan op vanwaar sy in die groot sitkamer sit en lees. Bernhard besluit om nie op haar vraag te antwoord nie. Tergend vra hy:

"Waar is ons ander kollegas dan, of is jy en ek die enigste naguile hier?"

Ronel loer oor haar leesbril na die aantreklike man voor haar en antwoord uitnodigend: "Almal het vroegaand die lakens gaan opsoek maar ek kan mos nie so vroeg gaan slaap nie. Ek het juis gedink dit gaan 'n lang week word, mens kan net sowel die naglewe in die stad geniet terwyl ons nou hier is."

Bernhard snap haar woorde maar hou hom dom. Ronel is 'n mooi en intelligente vrou, maar sy uitkyk op die lewe is 'hou jou eie voorstoep skoon.' Sy glimlag verbreed as hy haar antwoord:

"Ek is gelukkig. Ek het vriende in die stad en soos dit is, het ek weer 'n afspraak om môreaand saam met hulle te gaan kuier."

Hierdie keer verbeel hy hom nie as teleurstelling oor haar gesig sprei nie. Voordat hy deur toe stap, oorhandig hy die motorsleutels aan haar met die woorde:

"Dankie dat jy my vertrou met jou motor. Weet net ek waardeer dit baie."

"Dit is my plesier. Ek is bly ek kon help. Sê maar as jy dit weer nodig het."

Na 'n vinnige stort strek hy hom behaaglik op sy bed uit en met sy arms onder sy kop staar hy na die plafon.

Alet! Die mooi vrou wat uit haar profielfoto reg in sy hart gekyk het. Haar skalkse, skewe glimlaggie en dromerige oë het reg in sy siel gestaar. Hy kon nie help nie; hy het dadelik haar Facebook-blad oopgemaak en angstig na nog foto's van haar gesoek. Hy was ook nie teleurgesteld nie. Dat sy 'n gesinsmens is, was duidelik uit die talle foto's van haar en haar kinders, 'n dogter van sowat vyftien en 'n seun van twaalf. Vakansies van hulle saam, skoolfunksies en die kinders se prestasies, sy altyd die stralende moeder.

Natuurlik het hy angstig gesoek na die man in haar lewe, maar hy kon niks kry nie. Sy hart het begin galop toe hy besef dat sy ongetroud moet wees. Geskei? Weduwee? Hy weet nie, maar wat hy weet is dat sy beslis in die stad, net 'n uur se ry van hom af, woon.

Na 'n paar dae het hy aan haar 'n vriendskapsversoek gestuur en hy was verheug toe sy dit aanvaar.

Hy was versigtig om nie te opdringerig te wees nie en dankbaar vir tegnologie wat dit so maklik maak. 'n Privaat boodskap wat sy onmiddellik beantwoord het, het die deur na vriendskap vir hulle oopgemaak.

Natuurlik weet hy nou dat sy 'n weduwee is. Haar man is sowat agt jaar oorlede en sy is nog altyd alleen.

Sy werk gee hom die vryheid om op 'n gereelde basis te korrespondeer en sy was altyd baie gou beskikbaar wanneer hy 'n boodskap stuur. Hy glimlag breed as hy hulle gesprekke van die vorige week onthou. Hy was versigtig toe hy aan haar noem:

Ek het binnekort 'n seminaar in jou stad.

Regtig? Wanneer?

Ek weet nog nie presies nie.

Weet jy al vir hoe lank?

Dit behoort vir 'n werksweek te wees. Miskien kan ons ontmoet?

Natuurlik! Dit klink te goed om waar te wees.

Dink jy jy vertrou my genoeg?

As ek jou nou nog nie ken nie, is ek dom.

Haha, en ek weet jy is 'n slim vrou.

Hoe weet jy dit?

Want ek sien dit in jou oë.

Dit was die trant van hulle gesprekke: lig maar tog met 'n ondertoon van erns. Die laaste week het hy waaghalsiger geword. Hulle was byna oorgretig om hul afspraak te bevestig en nou is die eerste ontmoeting verby en wat 'n aand was dit nie!

Dié afspraak was 'n hemelse sukses. Hy was voor haar by die restaurant en het haar onmiddellik herken. Haar wye, groen oë wat soekend oor die restaurant vee. Net soos op haar profielfoto, kon jy haar deur 'n ring trek. Haar donkerblonde hare het sag in haar nek gekrul en 'n kuiltjie het in haar wang gekruip toe sy hom raaksien. Die vrou het sjarme en styl.

Hy het hoflik opgestaan en haar stoel vir haar uitgetrek. Sy hand wat vlindersag oor haar rug gestreel het, het 'n voelbare rilling deur haar liggaam gestuur. Vir die eerste keer het hul oë ontmoet en albei het geweet: hulle het gekliek, soos die jonges dit noem.

"Jy is nog mooier as wat ek verwag het."

"Jinne, dankie, en jy absoluut sjarmant."

Die aand was asemrowend en albei het soos verliefde tieners geblom. Sy het openlik oor haar kinders gesels. Hulle is beslis haar trots en dat hulle 'n hegte band het, was vir hom duidelik. Die enigste keer wat hy kriewelrig gevoel het, was toe sy vra:

"Hoe lank gaan jy in die stad wees?"

"Vir die res van hierdie week. Ek wou juis vra, kan ek jou weer sien?"

"Ek sal baie daarvan hou, ons het nog baie om oor te praat. Wat van môreaand?"

"Dankie dat jy dit sê. Ek wou dit ook voorstel."

"Dit werk nou goed uit. Ek wou jou juis nooi om ook een aand by ons aan huis te kom kuier. Ek het aanvaar terwyl jy in die stad is, gaan ons mekaar so veel as moontlik sien."

"Ek sal jou op hoogte hou van ons week se program." Sy het gelukkig nie die waaksaamheid op sy gesig raakgesien nie en nou wonder hy of hy nie bietjie vinnig reageer het nie. Sy diep stem het dieper geword toe hy haar hand in syne neem en apologeties vervolg het:

"Dit sou wonderlik wees en dankie vir die uitnodiging. Ek sou net graag nog een aand heeltemal alleen met jou wou deurbring. Ons ken mekaar nog skaars. Ek kom mos gereeld vir seminare en vergaderings stad toe, dan kan ons 'n kenmekaar saam met die kinders reël."

Hy kon sien sy aanvaar sy verduideliking en die sagte lig in haar mooi oë het hom gerus gestel. Hierdie vrou is reeds soos klei in sy hande!

Tevrede draai hy op sy sy en raak met 'n droomverlore glimlag aan die slaap.

Die middag strek eindeloos voor hom uit en hy kan homself skop. Hy mis regtig die sagtheid in haar oë en haar hand wat besitlik in syne rus. Hy is seker as hy haar sou vra, sal sy meer as gewillig wees om hom vroeër te sien.

'Hou jou in, Bernhard, stel die katrol op stadige spoed,' maan hy homself. Hy neem sy selfoon, soek haar naam en begin tik.

Hallo mooiste vrou. Ek mis jou al klaar.

Onmiddellik sien hy hoe sy antwoord:

Ek ook, hoe vorder jou vergadering?

Uiters vervelig, ek sou liewer by jou wou wees. Ek wens dis al vanaand.

Natuurlik, ek ook.

Sien jy kans om weer op jou eie te kom? My tyd is bietjie beperk.

Natuurlik kan ek, dit spaar tyd as jy nie agter my hoef aan te ry nie.

Hulle spreek af om by 'n ander eetplek te ontmoet en Bernhard klop homself op die skouer.

Afgespreek, sien jou daar.

'Jy het nog nie die kuns verloor nie, ou maat!' wens hy homself geluk. Dankbaar besef hy dat hy genoeg klere het om meer as net een keer uit te gaan.

Daardie aand is sy voor hom daar. Haar glimlag verhelder toe sy hom sien. Hierdie keer verspeel hy nie tyd nie. Hy buig oor haar en besef dat sy gewillig haar sagte mond aan hom bied. Hy sit ook nie weer oorkant haar nie maar skuif langs haar in, sy arm besitlik agter om haar skouers.

"Jy lyk pragtig, en glo my, ek is trots om jou aan my sy te hê."

Sy maak haar handsak oop en haal haar selfoon uit. Sy frons verdiep as hy vraend na haar kyk. Sy klap die foon oop en lig dit op. Blitsvinnig vou sy hand oor hare en druk die foon plat.

"Nee, asseblief! Moenie foto's neem nie." Sy stem is skerp en bevelend. Alet skrik en staar grootoog na hom.

"Wat is fout, Bernhard? Ek wou net 'n selfie van ons twee neem."

"Ek verkies dat jy dit nie doen nie. Ek is glad nie fotogenies nie en hou niks van foto's nie," antwoord hy lamlendig.

"Dit is net vir myself. Ek sal dit nie op Facebook plaas nie. As dit is wat jou pla?"

Bernhard ruk sy kop op. Lees sy hom dan soos 'n boek? Hy weet hoe vrouens se koppe werk. Sy het baie vriendinne, haar kinders en haar Faceboekgroepe. Dit is presies wat hy wil verhoed: dat hy op haar blad moet pryk, maar nou het hy 'n spektakel van homself gemaak.

"Kom ons geniet ons wyn, eet lekker en miskien het ek dan genoeg moed vir 'n foto."

Dit neem 'n tydjie voordat die geselskap weer vlot. Hy kan sien Alet is omgekrap en hy leer sy eerste les:

sy is saggeaard en baie fyngevoelig. Haar volgende vraag is weereens vir hom 'n frustrasie.

"Bernhard, ek het so baie oor my en my kinders gepraat, maar ek weet nog niks van jou nie. Ek weet dat jy al baie jare geskei is, maar het jy kinders, ander familie? Waar het jy groot geword? Ek weet nie eens vir wie jy werk nie." Sy loer na hom oor haar glas se rand en sy hart spring in sy keel. Hy kies sy woorde baie versigtig.

"Nooi, gelukkig het ek nie kinders gehad nie, waarvoor ek dankbaar is. 'n Egskeiding is erg genoeg en kinders kompliseer die res van 'n mens se lewe." Geskok ruk sy haar kop op en staar na hom. Hy besef hy het nou verbrou en probeer dit vinnig regstel:

"En nou is ek te oud om voor te begin. Ek weet saam met jou sou dit anders wees." Hy druk haar hand terwyl hy haar stip dophou om haar reaksie te sien. Met genoegdoening sien hy dat sy dit aanvaar as 'n kompliment. Hy omseil weereens die res van haar vrae.

"Miskien moet jy my kinders ontmoet. Hulle mis hulle pa baie en ek is seker hulle sal jou op hulle hande dra."

"Dit klink wonderlik maar kom ons doen dit 'n volgende keer. Ek sal baie graag tyd met hulle wil spandeer. Ons volgende seminaar is reeds oor 'n paar weke. Ek sal so beplan dat ek 'n dag of twee langer in die stad kan bly. Dit wil sê as jy ook voel jy wil meer tyd met my spandeer?"

Haar wange verkleur en hy trek haar sag maar ferm nader. Hy voel die rilling deur haar lyf as hulle lippe ontmoet. As hy gedink het hy het die kuns

verloor om 'n vrou die hof te maak, weet hy nou hy is
verkeerd. Haar hand bewe waar sy teen sy bors druk
en in sy liggaam gebeur snaakse dinge.

"Jammer, Alet, maar ek ... "

Sy plaas haar voorvinger oor sy mond en sê
saggies: "Stil, Bernhard, moenie die oomblik versteur
nie, asseblief."

Die res van die aand is gevul met 'n gelaaide
atmosfeer. Die tyd vlieg te vinnig verby en voor hy hom
kom kry, stap hy saam tot by haar motor. Sy
wenkbroue lig toe hy die duur voertuig sien. Skielik is
hy vies vir homself. Hy moes seker die geleentheid
gebruik het om te gaan kyk waar sy bly. Hy weet sy het
haar eie huis. Sy optrede is selfversekerd as hy haar
in sy arms neem en soen, hierdie keer met skaars
verborge drif en passie.

As hy veel later in sy geleende motor klim, volg hy
die agterliggies van haar voertuig op 'n veilige afstand.
Gelukkig vir hom is daar redelik verkeer op die pad en
kan hy ongesiens agter haar aanry.

Verbasing staan op sy gesig as sy by die hekke
van 'n luukse woning indraai. Hy ry stadig verby en kan
nie glo dat hierdie die plek is waar sy woon nie. Die
lieflike huis pas beslis by die dame se motor.

Dan onthou hy hy het voor hulle afspraak sy
selfoon afgeskakel. Die liggies flikker onmiddellik
nadat hy die foon aanskakel; ses boodskappe van
dieselfde nommer. Haastig tik hy:

*Jammer, vergadering was lank en uitputtend.
Alles gaan goed, vertrek môreoggend. B*

Hy skuif onmiddellik die boodskappe in die
agtergrond en herleef die gevoel van die vroue-

liggaam in sy arms. 'n Stemmetjie waarsku hom maar hy onderdruk dit.

'Snert, man! 'n Man het net een geleentheid soos hierdie en ek gaan dit gebruik. Wat 'n belewenis om weer jonk te voel'. Hy is dankbaar dat hy nooit ringe gedra het nie.

Hoofstuk 3

Alet punt haar tone van lekkerkry terwyl die son op haar bak waar hulle in die dekstoele langs die swembad lê. Sy strek haar arms bo haar kop uit en sug behaaglik voordat sy haar kop na Rina draai wat langs haar lê en haar laggend dophou.

"Is dit nou hoe 'n verliefde vrou in haar middeljare lyk, vriendin?"

"Bog met jou, wie is miskien middeljarig?"

"Met ander woorde, jy stem saam met die verlief wees."

"Rina! Hou jou stem laag. Kaitlin is juis die ene ore en bitter geïrriteerd oor my foon wat so tydig en ontydig piep."

"Dan is dit tyd om jou dogter in te lig oor verhoudings." Rina se stem is besorgd as sy regop sit en haar sonbril langs haar neersit. Sy staan op om in die swembad te duik.

Kaitlin skud die water uit haar lang hare en vryf haarself droog met 'n handdoek. Sy neem plaas langs haar ma op Rina se stoel. Op dieselfde oomblik wys Alet se selfoon 'n inkomende boodskap. Alet probeer die foon opraap maar in haar oorywerige poging om die boodskap weg te steek, laat sy dit op die plaveisel val. Die foon skuif onder Kaitlin se dekstoel in en sy buk oor om dit op te tel. Soos blits is Alet op haar voete en voor die verbaasde Kaitlin se oë gryp sy na die instrument.

Kaitlin staar verstom na haar ma. "Ma! As ek nie van beter geweet het nie, het ek gedink jy het iets om weg te steek."

"Twak, Kaitlin. Ek wou dit net self optel."

"Kaitlin!" roep Rina na die verontwaardigde dogter. "Kom ons swem gou 'n paar lengtes. Dis amper tyd dat ek moet gaan."

Johan klouter uit die swembad en kom staan druipnat langs Alet se stoel.

"Nou's ek lekker honger!"

"Wag net 'n oomblik, Johan," sê Alet sonder om op te kyk van haar foon af.

Johan hardloop terug swembad toe en duik weer in.

Later klim Rina en Kaitlin uit die water en Kaitlin loer skuinsweg na Alet. "Ek dog Ma gaan kosmaak."

"Ja, ek's amper klaar," antwoord Alet ingedagte terwyl sy op haar foon tik.

"Stap Ma saam met tannie Rina of sal ek dit doen? 'Skuus, Tannie, my ma is baie besig."

"Los jou ma, nooi. Ek ken mos die pad hek toe." Rina buk oor Alet en fluister in haar oor: "Sterkte. Praat maar as jy wil hê ek moet jou help."

Kaitlin vlieg op en smyt haar sonbril op die stoel. Na 'n oomblik se huiwering spring sy in die water en maak moedswillig 'n groot waterbom. Die water spat in alle rigtings en tot op Alet en die foon in haar hand.

"Ag nee, magtig, Kaitlin, was dit nou nodig?" sê Alet geïrriteerd en vee haastig die water met die punt van haar handdoek van die foon af.

Kaitlin ignoreer vir Alet en draai na Johan toe terwyl sy water trap. "Shame, Boeta, jy is seker al dood van die honger," sê Kaitlin hard terwyl sy vir Alet uit die hoek van haar oog dophou.

Daar is geen reaksie van Alet se kant af nie. Dit lyk nie eers of sy enigsins gehoor het dat Kaitlin gepraat het nie.

Kaitlin rol haar oë. "Kom, Boeta. Kom ons gaan maak vir onsself iets om te eet. As ons vir Ma moet wag, sterf ons van die honger."

Kaitlin klim uit die swembad en loop plas-plas na haar stoel, tel haar handdoek op en droog af. Terwyl sy die handdoek om haar lyf draai, probeer sy weer: "Sê bietjie vir Ma se geheimsinnige oupa dat Ma kinders het wat moet kos kry."

"Ag, Sus, los dit. Ons maak vir onsself iets," paai Johan terwyl hy langs Kaitlin staan en afdroog.

Alet kyk gesteurd op. "Ons het nog nie oor kinders gepraat nie. Kom ons gaan maak tog toebroodjies."

"Wel, dan moet Ma dalk iets sê. Hopelik kry hy koue voete as hy hoor Ma het twee kinders."

Johan stamp vir Kaitlin met die elmboog in haar ribbes. "Los vir Ma. Kom!" Hy trek sy sussie aan haar arm.

Hoofstuk 4

Bernhard besef hy sal baie versigtig moet wees as hy nie agterdog wil wek nie. Ronel is skerp en oplettend. Nie dat dit vir hom heeltemal vreemd is nie, maar om een of ander rede is dit hierdie keer vir hom anders. Dié Alet is 'n dekselse mooi vrou, maar bowenal is sy fyn opgevoed, en die gedagte aan haar luukse huis en motor stuur nou nog rillings langs sy ruggraat af.

'Deksels, maar jy is dom,' dink hy by homself. Die vrou het hom dan genooi om te gaan kuier en verdomp, toe is hy mos te bang. Nou wens hy dat hy die binnekant van daardie plek kon sien.

'n Fyn glimlaggie plooi om sy mondhoeke as hy sy planne beraam vir die volgende paar weke. Hy wil haar beter leer ken; hy moet alles van haar weet sonder om te veel van homself openbaar te maak. Dan wonder hy watse tipe mens was haar oorlede man.

"Hoor hier, Bernhard, wat sit jy so en staar? Die week was nie so uitputtend nie?"

Verbaas kyk hy na Ronel wat hom al 'n hele rukkie dophou. Hy sal moet katvoet loop vir haar. Ronel het beslis 'n oog vir mans. As sy moet uitvind van Alet ...

"Jammer, Ronel, ek was ingedagte, en nee, die week was eintlik baie ontspannend. Ek het baie geleer en daar is baie om te gaan toepas in ons afdeling."

"Jy vertel my. Ek is bly jy was saam, nou kan ons twee baie nabetragting hou."

Hy is verlig as hulle die buitewyke van hulle tuisdorp bereik en die pad besiger word. Sy parkeer onder die kantoorblok en hy bedank haar dat hy saam met haar kon ry. Hy haal sy bagasie uit haar motor en plaas dit in sy eie motor se bagasiebak. Ontevredenheid verskyn op sy gesig as hy die klap met wrewel toeslaan. Sy motor is goed opgepas maar 'n goeie tien jaar oud. As hy net ook 'n nuwer model kan koop, sug hy. Alles in sy lewe is 'n goeie klompie jare oud, dink hy vies.

Hy voel die vibrasie van die selfoon in sy broeksak en haal dit haastig uit. Sy oë skitter van afwagting as hy die naam op die skerm sien. Hy druk die knoppie en lees met 'n bonsende hart.

Hi daar, is jy nog op die pad? Ek mis jou al klaar.

Ek het nou net stilgehou, my mooi meisie, ek chat binne 'n uur met jou.

Ek is net bly jy is veilig. Die naweek gaan nou lank wees, jy het my bederf hierdie week.

Bernhard oorweeg sy volgende woorde maar besluit om waaghalsig te wees.

Hier wag 'n troostelose eensame naweek vir my. Geniet jou kinders en verlang na my.

Toemaar, ons sal baie tyd hê om te chat. Ek is ook alleen, die kinders gaan by hul maats oorslaap. Natuurlik verlang ek al klaar na jou.

Ek moet gaan, wag vir my vanaand.

Hy klap die foon toe en begin aanstap kantoor toe. Dan besef hy sy fout, staan weer stil en maak die foon oop. Flink vind hy Alet se naam en druk die knoppie: Delete chat.

Op pad huis toe die middag berei hy homself voor vir sy tuiskoms. Hy sal Alet vir 'n paar ure uit sy gedagtes moet skuif; hy mag nie foute maak nie. Alet ... nee wag, dink hy as hy die toeter by die hek druk. Sy blik speel kritiserend oor die grasperk tot by die blinkrooi voorstoep. Alles is netjies, skoon en versorg, maar ... 'Maar wat Bernhard? Tot onlangs was jy nog meer as tevrede met jou huis.'

Sy hart versag as hy die twee kolliehonde om die hoek sien storm, gevolg deur 'n jong seun wat uitgelate op die motor afpeil. Sy glimlag word breër as hy nader hardloop en die motordeur vir sy pa oopmaak.

"Hallo, Pappa! Sjoe, jy was lank weg, ons het jou gemis." Bernhard steek sy arm uit en vryf die agtjarige Rikus se vaal kuif deurmekaar.

"Dankie, Rikus, ek het jou ook gemis." Die voordeur gaan oop en twee rooikop-dogters met lang hare stap saam uit. Hy klim uit sy motor en wag die tweeling met 'n trotse glimlag in.

"Dagsê, my twee prinsesse," groet hy as die vyftienjarige Mieke en Marna hom omhels. Bernhard verlustig hom in sy tuiskoms en die verwelkoming van die kinders. Die stemmetjie wat hom wil waarsku word weer op die agtergrond geskuif. Natúúrlik kan hy sy privaatlewe van dié van sy gesin skei? 'n Gesin beteken mos nie dat hy nie meer sy eie mens kan wees nie?

Hy kyk op en sien haar by die voordeur staan. Sy vrou. Skuldgevoelens wil hom oorweldig maar dit is iets waarteen hy ten alle koste moet waak.

Daleen se kort, rooibruin hare is in 'n netjiese kapsel geset. Haar donker oë is versluier; haar glimlag bereik nooit meer haar oë nie. Sedert vier jaar gelede is sy die perfekte huisvrou en ma, maar vir hom het sy haar hart gesluit. Hy skud die gedagtes van hom af en stap na die voordeur.

Soos altyd draai sy haar wang na hom vir 'n soen. 'net om die kinders gelukkig te hou,' dink hy.

Haar stem is sag as sy tog vra: "Hoe was jou kursus?"

"Leersaam, dink ek. Die maatskappy kan daarby baat."

Gelukkig borrel Rikus van alles wat met hom gebeur het, sy eerste rugbywedstryd en sy nuwe wiskunde onderwyser. Die tweeling wag geduldig hulle beurt af en die eerste halfuur tuis gee hom geen tyd om sy gedagtes te laat dwaal nie.

Hoe kon hy toelaat dat sy vrou se oë so dof geraak het? dink hy met 'n skielike, ongevraagde skuldgevoel. Alles is sy skuld, maar hy is mos nie alleen skuldig nie? Na sy laaste kortstondige verhouding, het sy hom tereg uitgesluit uit haar lewe. Van toe af leef hulle soos vreemdelinge in dieselfde huis. Hy het sy eie pyn gehad en het nie die energie gehad om haar aanhoudend gerus te stel nie. Kon sy nie sien dat hy ook troos nodig het nie?

Natuurlik was dit balsem vir sy siel toe die mooie Nadia ook uitreik na hom toe. Sy was 'n oor wat kon luister en as hy bietjie aangedik het oor sy privaatlewe, het die middel die doel geheilig. Hoe meer hy sy eie selfbejammering kon aanblaas, hoe meer simpatie het hy gekry. Stadig maar seker het hy Daleen op die agtergrond geskuif. As sy dan in sak en as wil verval, is dit haar saak. Hy is die broodwinner en sy gemoedstemming is vir hom die belangrikste.

Nadia het net sy kant van die verhaal geken. Dit was musiek in sy ore as sy na hom luister en vir Daleen sien soos hy haar skilder: die selfsugtige vrou wat haar arme, hardwerkende man niks gun nie. Die aanvanklike vriendskap tussen hom en Nadia het verdiep en kort voor lank was hulle in 'n ernstige verhouding betrokke.

Helaas, dit was toe net hulle twee wat blind was, nie die res van die personeel ook nie, en iemand het dit goed gedink om Daleen te vertel wat aangaan. Natuurlik kon Nadia nie die vernedering hanteer nie en sy het bedank en padgegee.

Daleen se oë het hul laaste bietjie glans verloor. As sy hom net wou slegsê, maar sy het al meer van hom onttrek.

Verdomp, man, as sy net wou ophou om haarself te bejammer! Hy het mos jammer gesê. Hy het sy eie pyn gehad deur Nadia te verloor! Die kinders het ál geword wat hulle as gesin kon bymekaargehou het. Vier kinders het nogal twee ouers nodig.

Hy besef dat Daleen vir hom 'n koppie koffie aanbied en hy weet hy moet homself regruk. Netnou loop die aand weer op 'n ysige stilte uit. Sy stem klink geforseer as hy vra:

"Is Dirk tuis?"

"Nee, hulle is by rugby-oefening. Hy het onder-negentien span gekry."

"Dit is goeie nuus! Hý volg darem in sy pa se voetspore."

Hy weet hy irriteer Daleen alweer, maar miskien is dit presies wat hy wil doen. Hulle ruil gedagtes oor die kinders en dan maak hy verskoning om te gaan uittrek. In hulle kamer verstom hy hom aan die man in die lang spieël teen die muur. Was dit net gisteraand wat hy hom verlustig het in die mooi en goedversorgde vrou aan sy sy in die restaurant in die stad?

Vlugtig verskyn Alet se beeld in sy gedagtes en hy verwonder hom as hy dink dat sy ouer as Daleen is. Dat Daleen self aantreklik is, skuif hy eenkant toe. Hierdie keer gaan hy nie weer toelaat dat hy uitgevang word nie. Sy kinders is belangrik. Maar dit word nou 'n geval van 'sorg vir jouself.' Hy gaan nie oud word sonder die opwinding van weer verlief wees nie!

Knap na aandete verskoon hy homself en met 'n flou 'opvang van e-posse' oor sy skouer, verdwyn hy in die studeerkamer. Hy maak nie die deur toe as hy gaan sit nie. Die rekenaarskerm se agterkant is na die oop deur; as iemand instap kan hy net 'n knoppie druk.

Die rekenaar se liggies flikker aan en met 'n bonsende hart sien Bernhard dat Alet aanlyn wys.

Sonder om tyd te verspeel, begin hy sy gesprek op Messenger.

Hallo my mooiste nooi.

Ek is so bly jy is hier. Ek het al bekommerd geraak. Is jy tuis?

Moenie oor my bekommerd wees nie. Ja, ek is tuis, eensaam en alleen.

Ek wens jy was hier. My aand is ook lank en die naweek ook.

Weet jy hoe mis ek jou sagte hande in myne? As jy jou oë toemaak, wil ek jou graag soen.

My oë is toe! Ek wag vir jou.

Soos die tyd aanstap, raak hul verhouding inniger en Bernhard raak al hoe meer waaghalsig en agterlosig.

Hy kan nie die agterdogtig in Daleen se blik op hom miskyk nie. Tog ignoreer sy hom en gaan haar gang. Dit maak dat hy al meer roekeloos raak. Hy spandeer meer en meer tyd in sy studeerkamer en raak al hoe meer ingedagte, soos hy dit noem. Feit is dat hy Alet nie meer uit sy gedagtes kan kry nie. Hy raak bitsig en kortaf met Daleen wanneer hulle alleen is, maar voor die kinders speel hy sy rol foutloos. Niemand kan 'n vinger na hom wys nie. Dit is net Daleen wat stiller word en haar vermoedens vir haarself hou.

Een aand is die kinders almal in hul kamers; dit is na tien as Daleen in die oop deur van die studeerkamer verskyn. Blitsig druk Bernhard die rekenaar dood en hy kan nie help om effe te verbleek nie.

"Bernhard, ek is nie jou oppasser nie. Jy weet waarmee jy weer besig is. Jou hele optrede weerspieël dat jy... "

"Daleen! As jy weer begin met jou agterdog en beskuldigings, ek het nie tyd daarvoor nie. Ek gaan oor 'n paar weke vir agt dae op 'n kursus. Gebruik die tyd om jouself reg te ruk en wanneer ek terugkom, kan ons besluit of jy ons verhouding gaan aanvaar en of jy vir die res van ons lewens ou koeie uit die sloot wil grawe."

"Óú koeie, Bernhard? Die koeie is reg maar is dit oues? Hoeveel nuwes is nou weer in jou kraal? Of is dit die ou koei wat jou aand vir aand besig hou?"

"Jy verneder my, Daleen! Ek het nie krag vir jou selfbejammering en jaloesie nie. Sorteer jouself uit. Moenie my altyd by jou bitterheid insluit nie."

Daleen draai om en stap uit. Hy sien nie die trane wat oor haar wange rol nie. Onmiddellik skakel hy die rekenaar weer aan, maar sy frustrasie maak hom briesend. Op die skerm staan die woorde:

Jammer my liefste man, dit lyk asof die internet weer teen ons is. Jy het net verdwyn. Lekker slaap en droom van my, ek tel die slapies.

Wrewelrig druk hy die delete-knoppie om die aand se gesprek te verwyder en klap die rekenaar woedend toe.

In die kamer het Daleen haar rug na sy kant van die bed gedraai en met verligting besef hy dit is die patroon wat hy beplan het. As sy haar gewip het vir hom, kan hy rustig aan sy kant van die bed slaap en sy gedagtes aan die mooie Alet gee. Voordat hy aan die slaap raak, dink hy dat Alet nooit moet uitvind dat hy nié 'n alleenloper is nie! Nog net 'n rukkie dan kan hy haar weer in sy arms hou.

Die reeds-bekende klein stemmetjie spreek hom weer aan: 'Bernhard, jou vrou smag ook na beskerming en aandag. Sy is eensaam, flenters en vernederd. Besef jy dat sy nog nooit ontrou aan jou was nie?' Vir 'n oomblik wil hy na haar draai maar besluit dan daarteen.

'Sy moet haarself regruk en haar lewe bymekaar kry. As sy nie kan vergewe en vergeet nie, ek is nie 'n dooie man net omdat ek getroud is nie. Ek is net getroud, nie oorlede nie!'

Hoofstuk 5

"Het jy die kamoeflering onthou?" fluister Johan.

Kaitlin knik. "Ja, dis in my sak."

"Mooi."

"Is julle reg? Ek wil nie laat wees nie," roep Alet in die gang af.

"Ons kom, Ma." Kaitlin vat haar sak en sy en Johan drentel voordeur toe.

By die winkelsentrum stap Kaitlin en Johan vinnig in die rigting van die teaters terwyl Alet na die teenoorgestelde kant stap. Kaitlin loer terug oor haar skouer. Toe Alet om die hoek stap, draai sy en Johan om en loop agter Alet aan.

"Waar gaan ons nou heen?" vra Johan.

"Na die koffiewinkel langs die restaurant. Met die kamoeflering sal Ma ons nie raaksien nie en die oupa weet mos nie hoe ons lyk nie, so ons is veilig."

Kaitlin haal 'n hoed en 'n serp uit haar sak.

"Hier," Kaitlin gee die hoed vir Johan. "Help my om die serp om my kop te draai."

"Jissie, Ma sal jou nooit herken nie," sê Johan terwyl hy en Kaitlin stoei met die serp.

Kaitlin kyk tevrede na haar weerkaatsing in 'n winkelvenster. "Kom ons gaan soek Ma se restaurant."

Alet het by 'n tafel naby die ingang van die restaurant gaan sit, gelukkig met haar gesig na die ingang en nie na die koffiewinkel langsaan nie. Die twee kinders kies 'n tafel aan die kant van die koffiewinkel wat half weggesteek is agter potplante.

"Ek sal met my rug na Ma sit. Netnou herken sy my al het ek die hoed op," sê Johan. "Met daai kopgedoente op, sal niemand ooit weet dis jy nie."

Terwyl hulle wag vir hulle melkskommels om te kom, vra Johan: "Kan jy hulle nog sien?"

Kaitlin rek haar nek en loer om die potplante. "Ek sien vir Ma maar sy is nog alleen."

Hulle drink hulle melkskommels meer as halfpad voor Bernhard uiteindelik opdaag.

"Hier's hy nou. Moenie omkyk nie, Ma kyk hierdie kant toe," waarsku Kaitlin. "Ugh, hy het Ma gesoengroet."

Die kelnerin kom vra of sy die kinders se rekening kan bring. Hulle bestel nog twee melkskommels sodat hulle langer kan sit.

"Ek wil hulle ook sien." Johan stel sy foon op die selfie-stelling, sit terug in sy stoel en mik met die foon oor sy skouer tot hy vir Alet en Bernhard langs mekaar sien sit.

Hulle sit styf teen mekaar en hande vashou. Nou en dan soen hulle ook. "Gross. Ek wil nie so 'n ou man soen nie." Kaitlin koes agter die potplant in en druk Johan se foon af op die tafel. "Oppas! Ma kyk hiernatoe."

Na 'n rukkie vra Johan: "Is dit veilig dat ek weer kan kyk?"

"Ja, kyk maar gou. Hulle is besig met die kelner."

Die koffiewinkel se kelnerin kom weer vra of sy die kinders se rekening kan bring. Hulle bestel 'n derde keer melkskommels.

"Johan, ek sien hulle kos het ook nou gekom. Sjoe, maar hulle is omtrent vatterig," mor Kaitlin.

"Wat eet hulle? Kan jy sien?"

"Nee, maar wat hulle ook al eet, dit lyk of hulle dit gate uit geniet. Daar staan 'n bottel op die tafel in 'n ysbak. Ek's nie seker of dit wyn of sjampanje is nie."

"Kyk hoe lyk hulle glase, dommie, dan kan jy mos sien," antwoord Johan.

"O, oukei, dis sulke lang, maer glase so dis seker maar sjampanje."

Na 'n rukkie kyk Johan weer met sy foon oor sy skouer.

"Hy staar meer in Ma se oë as wat hulle eet. Genade, gaan hulle die hele dag hier sit?"

Dan gebeur die onvoorsiene! Bernhard kyk op, vas in Kaitlin se oë. Kaitlin kyk vinnig af en laat sak haar kop. Toe sy weer opkyk, staar Bernhard nog fronsend na haar, maar Alet eis gelukkig sy aandag.

Kaitlin skuif verlig weg sodat sy dieper agter die potplant wegraak. "Boeta, ek dink die oupa het my gesien. Hy het nou lank na my gekyk met 'n lekker frons, so asof hy probeer dink van waar af hy my ken," fluister Kaitlin.

Die kelnerin kom haal die kinders se leë glase en vra of hulle nog iets wil bestel of kan sy nou maar die rekening bring? Daar staan 'n tou mense by die koffiewinkel se ingang en wag vir tafels om oop te gaan.

Kaitlin en Johan kyk vir mekaar. "Ons sal nog twee melkskommels bestel," sê Kaitlin vinnig. Daar is nie 'n manier wat hulle nou gaan loop nie. Die mense moet maar geduldig wees.

"Uhm, kan ons dalk na 'n ander tafel skuif, asseblief?" vra Johan.

Die kelnerin kyk rond en wys in die rigting van die ingang. "Daardie mense gaan nou enige tyd loop. Hulle het nou net hulle rekening betaal."

"Kom, Boeta." Terwyl die kinders tussen die tafels deurvleg, trek Kaitlin die doek van haar kop af en prop dit in haar sak.

"Sit jy die keer met jou rug na Ma-hulle," stel Johan voor. "Maak jou hare reg. Dit staan woes."

Kaitlin lag verleë en stryk haar hand oor haar kop. "Lyk dit beter?"

"Nee," proes Johan. "Sit liewer die kopdoek terug."

Die kelnerin sit hulle melkskommels voor hulle neer en Johan begin langtand aan syne drink.

"Dis 'n melkskommel, Boeta, nie blomkool nie," lag Kaitlin.

"Nie in hierdie eeu gaan jy my weer omkoop om 'n melkskommel te drink nie. Dit spuit al by my ore uit," brom Johan.

"Drink maar stadig. Ek kan ook nie nog 'n druppel inkry nie. Hierdie moet nou hou tot hulle klaar geëet het." Kaitlin vat 'n klein slukkie en wag vir Johan om verder kommentaar te lewer.

"Dit lyk darem of hulle ook aanstaltes maak om te loop."

"Dankie tog want my boude is nou al deurgesit en my bene is stokstyf."

Kaitlin gee 'n swaar sug. "As hulle net minder gevry en meer geëet het, was ons lankal hier uit."

"Ja, jis, dit is gross as hulle so die heeltyd aan mekaar klou," sê Johan. "Kaitlin, weet jy wat? Ek is seker die oom kyk nog die hele tyd in die rigting waar ons eers gesit het."

Kaitlin sit haar foon op die selfie-stelling en loer oor haar skouer. Bernhard se oë vee heen en weer oor die koffiewinkel voor hy merkbaar ontspan.

"Ek wonder of hy jou herken het ... nie dat ek dink hy kan nie want hy weet mos nie hoe jy lyk nie."

"Sal nie kan sê nie. Hy moes al ons foto's op Ma se Facebook gesien het maar ons het nou goed op ons koppe so ons lyk heel anders."

Johan rus met sy ken in die palm van sy hand terwyl hy na Alet-hulle staar. Hy duik so skielik voor Kaitlin in dat sy byna van haar stoel afval van skrik.

"Wat de ongeluk gaan nou met jou aan? Wat het nou gebeur?"

"Hy het hiernatoe gekyk," fluister Johan.

"Ag nee, hemel, dink jy hy het jou herken?"

"Ek weet nie," sê Johan nog steeds kortasem. Hy loer versigtig om Kaitlin se kop en pluk sy kop terug. "Duik, Sussie! Hy kyk nog steeds hiernatoe."

"Moet net nie weer vir hulle kyk nie. Nou-nou kry hy snuf in die neus."

Johan knik en trek sy pet af oor sy oë.

"Wat maak hulle nou?" fluister Kaitlin benoud.

"Hulle koer nog steeds met mekaar," sê Johan met 'n lang gaap. "Ek wens hulle wil nou klaarkry. My maag is so vol, ek wil nou net huis toe gaan, my bed roep."

Kaitlin gaap ook en leun terug in haar stoel.

"Sit vorentoe," sis Johan. "Hy kyk alweer hiernatoe."

Kaitlin leun vinnig vorentoe. "Het hy vir jóú gekyk?"

"Hoe moet ek dit nou weet? Vir my het dit gelyk hy kyk in ons rigting."

Kaitlin maak weer of sy 'n selfie neem. Sy sien hoe Bernhard amper aanhoudend in hulle rigting kyk. Vinnig sit sy haar selfoon neer en sak laer af in haar stoel.

Na wat voel soos 'n ewigheid, sê Johan: "Dit lyk asof hulle nou die rekening betaal."

"Kom ons waai solank," sê Kaitlin.

Johan wink vir die kelnerin wat teen die pilaar by die koffiewinkel se ingang staan en ginnegaap met die ander kelners.

Terwyl die kinders wag vir hulle rekening, sien Johan hoe Bernhard sy bankkaart vir die kelner gee. Die kelner trek die kaart deur die kaartmasjien, frons en gee dit vir Bernhard terug. Alet haal haar beursie uit en Johan snak na sy asem as hy besef sy ma betaal die rekening. Johan gryp Kaitlin aan die arm en sleep haar by die deur uit.

"Kaitlin, roer jou riete! Ek sal jou nou vertel wat gebeur het."

Kaitlin begin drafstap na die roltrap. "Loop vinniger, Boeta. Ons moet voor Ma by die flieks wees."

Terwyl hulle met die roltrap op beweeg, loer Kaitlin terug oor haar skouer. Alet en Bernhard stap op daardie oomblik by die restaurant uit en Kaitlin versteen as sy Bernhard se oë op haar sien.

Sy kyk vinnig vorentoe en klim van die roltrap af. "Kom, die oupa het vir my gekyk." Sy gryp Johan se hand en trek hom agter haar aan.

Onbewus van haar kinders se koorsagtige gejaag, neem Alet van Bernhard afskeid. Haar hart bons gelukkig as hy haar soen en styf teen hom vasdruk. Sy draai uit sy omhelsing en droomverlore stap sy na die teaters.

Die kinders kom uitasem by die flieks aan. Terwyl hulle in die portaal staan en wag om hulle asems terug te kry, pluk Kaitlin die doek van haar kop af. Johan oorhandig sy pet en sy prop alles in haar sak net toe Alet by die portaal instap. Alet gewaar hulle en waai.

"Hoe was die fliek toe?" vra Alet.

"Uhm ... " begin Johan onseker.

"Dit was cool," val Kaitlin hom vinnig in die rede.

"Watter fliek het julle toe gekies?"

Die kinders kyk vir mekaar met groot oë.

"Die een van die speurder," antwoord Kaitlin vaag. "Ek kan nou nie die presiese naam onthou nie," lag sy gemaak verleë.

"Solank julle dit geniet het," sê Alet niksvermoedend en afwesig. "Dalk moet ek en Bernhard dit ook gaan kyk."

Hulle klim saam in die motor en wanneer hulle by die parkeerterrein uitry, vra Kaitlin:

"Was Ma se date toe lekker?"

Asof sy net vir die geleentheid gewag het, antwoord Alet stralend: "Ja, baie. Hy is 'n regte gentleman," sug sy. Johan sien 'n kans en effe sarkasties vra hy:

"Wie betaal nou as julle so gaan uiteet?"

"Hy betaal. Hoekom vra jy?" Alet kyk vinnig na Johan.

"Wonder maar net," sê Johan ontwykend.

Kaitlin staar by die venster uit. "Ek het 'n fliek gesien van 'n ou wat 'n klomp vrouens gelyk gedate het. Hy het altyd 'n verskoning gehad hoekom hy nie kon betaal nie."

"Wat was sy verskonings?" vra Johan.

"Ag, hy het gesê hy het sy kaart vergeet. Of as hy sien die kelner kom met die rekening, dan laat spaander hy badkamer toe en bly lank weg. Wanneer hy terugkom by die tafel, het die vrou gewoonlik al betaal."

Kaitlin loer onderlangs na Alet om haar reaksie te sien maar sy staar net dromerig voor haar uit.

"Het hy nooit kontant betaal nie?" vra Johan van die agtersitplek af.

"Ja. Maar dan het hy gewoonlik te min kontant gehad om vir sy eie kos te betaal en dan betaal die vrou vir alles."

Alet kyk in die truspieëltjie na Johan. "Dis erg as 'n man so is maar Bernhard is gelukkig anders."

"Ma, ek is baie bly vir jou want ek sal nie wil hê Ma moet vir 'n man betaal nie," antwoord Kaitlin stroperig.

"Toe nou, Kaitlin. Enige iemand se kaart kan enige tyd probleme gee. Dit het al met my en my vriendinne ook gebeur."

Alet stop by 'n rooi lig en kyk vir Kaitlin. "Buitendien, onthou net Kaitlin, as mens in 'n vaste verhouding is, gee 'n vrou nie om om haar deel ook by te dra nie."

"Ja, Ma, dit is seker so. Het Ma al besluit wanneer ons hom gaan ontmoet?" verander Kaitlin die onderwerp.

"Nee, ek het hom nog nie gevra nie." Alet verwissel bane voor sy weer praat. "Ek hoop ek kan op julle staatmaak as ek hom huis toe nooi."

Kaitlin snork onderlangs. "So, wanneer sien Ma hom weer?"

"Ons het nog nie 'n volgende afspraak gemaak nie maar dit sal seker gou wees. Ons gesels mos die heeltyd op die foon," sê Alet ingedagte.

Hoofstuk 6

Anders as Alet, is Bernhard se hande gespanne om die stuurwiel terwyl hy gastehuis toe bestuur. Dat die dag wat so belowend begin het, nou so moes uitdraai. Bernhard trek 'n suur gesig as hy in die motor se truspieëltjie kyk. Hy moes geweet het dat sy gereelde ete-afsprake aan sy sak gaan ruk, maar gelukkig is Alet verlief genoeg om nie kapsie te maak nie.

Alet het soos 'n prentjie gelyk. Hy kry hoendervleis as hy haar beeld in sy gedagtes oproep. Haar helder, geblomde rok het haar lig en vrolik laat lyk. Sy hart het tamboer geslaan in sy bors toe hy haar sien.

Hy weet hulle afsprake hierdie week gaan nie by etes in 'n restaurant bly nie. Hy het reeds rondgekyk na 'n geskikte plek, iewers waar hy haar liggaam teen hom kan vasdruk. Hy onthou weer hulle gesprek:

"Jy is ingedagte, Bernhard?" het haar sagte stem tot hom deurgedring.

"Jammer, my meisie, glo my, ek het net aan jou gedink. Jy is mooier as wat ek onthou."

Sy het saggies gegiggel en haar hand op sy arm geplaas. Die oomblik was gelaai tussen hulle en hy kon homself nie keer nie. Hy het langs haar gaan sit en haar styf teen hom vasgetrek. Hy was nie verbaas toe hy haar sagte mond onder syne voel oopgaan nie. Die blik waarmee hulle in mekaar se oë gekyk het, was emosie-belaai.

Onsekerheid is nog steeds deel van hom. Hy wil elke oomblik saam met haar deurbring, maar hy besef dat hierdie speletjie te duur word vir hom. Om vier kinders te hê, vra baie van 'n man en Daleen hanteer hulle geldsake. Sy het gesorg dat hy iets in sy beursie het, maar beslis nie genoeg vir sy volgehoue afsprake met Alet nie. Natuurlik is hy reg met 'n goeddeurdinkte plan.

Volgende keer sal hy sy beursie by die gastehuis 'vergeet.' Ook niks minder as reg dat vroumense ook bietjie moet betaal nie? Hy sou sleg voel as dit vir hom gelyk het of Alet nie geld het nie, maar die teendeel is waar. Teen dié tyd is sy ook so halsoorkop verlief op hom dat hy enige verskoning sou kon gebruik.

Hy kriewel agter die stuurwiel as hy die oomblik herroep toe hy sy droom inmekaar sien tuimel het. Oor Alet se skouer het hy die meisie gesien wat hulle dopgehou het. Hy is doodseker dat hy daardie gesig op Alet se Facebook-blad gesien het. Die dogter het doelbewus oogkontak met hom vermy.

Die res van die tyd was hy effe gespanne en hy was dankbaar toe hy besef dat die twee jongmense weg is. Sy houding het verander en hy was weer die sjarmante heer waarvan hy weet Alet so baie hou.

"Is jou seminaar weer so interessant soos die vorige een?"

"Ek was al by so baie sulke kursusse; glo my, as dit nie vir jou was nie, het ek nee gesê vir hierdie een."

Sy het soos 'n tiener gegiggel en haar hand teen sy wang gedruk. Haar aanraking het skokgolwe deur sy liggaam gestuur. 'Hierdie vrou is klei in jou hande, ou Bernhard, jy het nog nie die slag verloor nie.' Die kelner het langs hulle tafel verskyn en haar volgende woorde het sy voorgenome plan in aksie gestel.

"Gaan ons iets soets bestel, Bernhard? Dit rek darem ons tydjie saam bietjie langer uit." Haar voorstel het hom kriewelrig laat voel maar hy het mos nou besluit wat om te maak. Met 'n breë glimlag het hy die spyskaart by die kelner geneem en sonder skuldgevoelens hulle bestelling geplaas.

"Bernhard, ek het jare laas so 'n lekker dag gehad. Ek het al vergeet hoe dit is om 'n man se geselskap te geniet."

"Ek stem heeltemal saam, my mooiste. Jy borrel altyd van lewenslus, al is dit om 'n bakkie nagereg te geniet. Glo my, jy laat my weer jonk voel."

"Kom nou, Bernhard. Jy is mos nie 'n ou man nie? Ek waardeer jou juis omdat jy so waardig en volwasse is. Ek kan mos sien hoe die vrouens om ons loer na die aantreklike man aan my sy."

Sy rug het gekriewel van opgewondenheid toe hy na haar woorde geluister het. Hoeveel jare gelede het hy laas die gevoel gekry dat hy bewonder word deur 'n vrou? Hulle het die laaste vog uit hul glasies gedrink toe sy op haar horlosie kyk.

"Dit was nou baie lekker, dankie, maar ek moet my kinders by die teater kry. Hulle het saam met my gery om te gaan fliek."

Bernhard se oë word hard as hy dink: 'So, dan wás dit haar kinders wat hier was.' Hy wonder wat wou hulle bereik?

Hy wink die kelner nader en wanneer hy flink langs hul tafel verskyn, oorhandig hy dadelik sy bankkaart. Hy weet goed hy het reeds die kaart limiet oorskry maar hy wag dat die kelner die kaart vir hom teruggee. Sy toneelspel was so na aan 'n Oscar werd as wat hy kon voorgee. Sy geveinsde uitdrukking van skok en vernedering was volmaak. Hy het homself verlekker in haar simpatieke bejammering toe sy haar hand oor syne plaas.

"Alet! Ag hemel, my meisie, ek weet nie wat nou aangaan dat my kaart nie wil werk nie," het hy verskonend gesê. "Iewers moet iets fout wees. Sal jy net hier wag dan ry ek gou en gaan haal my ander kaart by... "

Haar stem was vol emosie toe sy antwoord: "Wag, Bernhard. Dit gaan hopeloos te laat word. Ek sal betaal, ek het my bankkaart hier."

Trots dat sy die situasie kon red, het sy haar goue kredietkaart aan die kelner oorhandig. Al sy pleidooie en verskonings het sy met 'n soen vol op sy lippe weggelag. Hy kon homself op die skouer klop. Wat 'n wonderlike tyd, dink hy, en dit het my nie 'n sent gekos nie.

Hier waar hy nou huiswaarts keer, kan hy nog nie glo dat hy daarmee weggekom het nie. Dan pla die meisie wat kort voor hulle by die koffiewinkel uitgestap het, hom weer. Hy is byna seker dit was Alet se dogter. Die serp om die meisie se kop kon haar identiteit verberg het, tog is hy redelik oortuig dat dit sy was. Die meisie het om 'n hoek verdwyn en hy glo nie Alet het haar gesien nie. Kopskuddend wonder hy wat haar sou besiel het om dit te doen.

Met sy arm om Alet se lyf wou hy verhoed dat sy omkyk. Hy het haar styf teen hom vasgetrek om haar te groet.

Hy kry weer rillings deur sy lyf as hy onthou hoe gewillig sy teen hom aangeleun het. Haar mond was so sag en warm onder syne dat hy gevoel het hy sweef na 'n ander planeet. Hy wou nog meer van haar besit toe sy skielik haar hande teen sy skouers plaas en hom effe wegdruk.

"Ek is jammer, Bernhard. Ek moet die kinders gaan haal. Ek wil nie hê hulle moet bekommerd raak nie."

"Ek verstaan, Alet. Jy is so 'n wonderlike ma." As sy net geweet het hoe byt hy op sy tande van frustrasie.

"Dankie dat jy begryp," het sy met 'n dankbare sug geantwoord.

"Ons afspraak vir môremiddag is nog reg, of hoe, Alet? Ons het mos afgespreek waar ons mekaar ontmoet."

"Beslis, Bernhard, ek kan nie wag nie."

Hy het nie haar laaste woorde gehoor nie want hy wou net wegkom. Verdomde kinders wat alles kom opmors!

Nog steeds iesegrimmig draai hy by die gastehuis se hek in. Hy moet nog met Ronel reël om weer haar motor te gebruik ...

In die truspieëltjie vryf hy oor sy donkergrys hare en grinnik vir homself. Alet is mooi, sy het klas en beslis 'n stewige bankrekening. Hy knipoog vir homself en heimlik klop hy homself weereens op die skouer.

'Ou Bernhard, jy het dit nog, ou maat. Die vrou is tot oor haar ore verlief op jou. Wie het nou gesê die lewe is verby na vyftig.' Hy lag by homself en stap voordeur toe.

In 'n afgesonderde hoekie sit Ronel met haar bene onder haar ingevou. Wag sy vir hom?

"Jy lyk ingenome met jouself, Bernhard. Het jy lekker gekuier?" 'n Rilling hardloop teen sy rug af, haar uitlokkende houding maak hom kriewelrig. Hy gaan sit tog ongenooid langs haar op die bank.

"Ronel, soms is dit bietjie hartseer. Ja, my kuier was heerlik, want sien, ek moet van die geleentheid gebruik maak om saam met ou Dewald te kuier as my vrou nie by is nie. Sy en Dewald se vrou kom nie klaar nie."

"Dit is jammer as mens nie jou vriende met jou lewensmaat kan deel nie. Is sy vrou moeilik?"

"Nee, Ronel, mý vrou is," antwoord hy kortaf en bot. "Jy weet mos ek deel nie my werk en my huis met mekaar nie." Dit het die gewenste uitwerking. Sy plaas haar hand simpatiek op sy arm en kyk diep in sy oë.

"Ek het dit lankal vermoed. Jy het soms so 'n vêraf kyk in jou oë. Onthou asseblief ek is nie net jou kollega nie, ek is jou vriendin ook." Sy fladder haar ooglede oor haar mooi grys oë en tuit haar lippe verleidelik.

Die prentjie van 'n mooi vrou wat duidelik besig is om hom uit te lok, laat Bernhard se armhare rys.

"My lewe is maar saai, ek gaan werk toe en huis toe. Dit is hoekom ek hierdie seminare so geniet en elke oomblik benut."

"Nou verstaan ek jou behoefte om jou vriende te sien. Gebruik gerus my motor, ek sien in elk geval nie kans om alleen in die stad rond te ry nie."

"Baie dankie vir jou begrip, Ronel. Ek was juis bietjie skaam om jou te vra of ek môremiddag weer jou motor mag gebruik. Ou Dewald het my genooi om by sy huis te kom braai maar ek het dit vir eers nie aanvaar nie. Ek was bietjie benoud om jou weer te vra."

"Moenie verspot wees nie, Bernhard. Jy weet ek is altyd daar vir jou."

Bernhard kyk die vrou stip aan en staan dan op om homself te verskoon. Skielik staan sy langs hom, so na aan hom dat hy haar hare kan ruik. Sy hande begin bewe en vir 'n oomblik stry hy met homself. Dan plaas hy met 'n roekelose gevoel sy arm om haar skouers en verbaas hom nie dat sy met 'n kort draai teen hom staan nie. Later kon hy nie onthou hoe dit gebeur het nie, maar sy arms gaan om haar lyf, haar arms gly om sy nek en hulle lippe ontmoet vanself.

Die wêreld staan stil; al waarvan hy bewus is, is dat die vrou in sy arms hom van sy sinne beroof. Vir 'n oomblik wou hy nog wonder of dit Alet kan wees, maar sy ore slaan bottoe van opwinding.

Hoofstuk 7

Die volgende oggend stap Alet gaap-gaap by die kombuis in terwyl die kinders ontbyt eet.

"Wil Ma koffie hê?"

"Ja, dankie, Seun." Alet plons in 'n stoel neer.

"Lyk my die liefde put Ma uit? Ma staan nooit so laat op nie," kom dit sarkasties van Kaitlin.

Alet bloos terwyl Johan die koppie voor haar neersit.

"Los vir Ma. Sy is nog nie eers behoorlik wakker nie en jy is al klaar op haar case."

Kaitlin gee Johan 'n vuil kyk voor sy weer praat: "Het Ma al weer 'n date gemaak?"

Alet blaas haar koffie en vat 'n slukkie voor sy antwoord. "Ja, ons gaan vanaand weer uiteet."

"Waar nogal?" vra Kaitlin.

"Ek het gedink by die nuwe restaurant in die winkelsentrum want dis 'n plek wat Bernhard nog nie ken nie."

Kaitlin dink vinnig. "Oukei, Ma. Dit klink nou sommer great. Kan ons wéér saamgaan? Daar is nog 'n speurfliek wat ons wil sien." Sy vang Johan se oog en trek vir hom skewebek.

"Sekerlik. Dis skoolvakansie. Julle moet dit geniet en als doen waarby julle nie in skooltyd uitkom nie." Alet vat weer 'n slukkie koffie. "As julle klaar is wanneer ek wil ry, kan julle saamgaan."

"Cool. Miskien het ons genoeg tyd om hamburgers te gaan eet voor die fliek begin," knipoog Johan na Kaitlin. "Ek is tog nie lus vir 'n melkskommel nie."

"Jy dink ook net aan jou maag, Boeta. Ek sal nogal van 'n melkskommel hou," lag Kaitlin. "Jy moet bietjie versigtig wees wat jy sê. Netnou gee jy ons geheime weg. Miskien sal dit vir jou goed wees om bietjie vinniger te leer dink."

Alet trek by 'n parkeerplek by die winkelsentrum in. Die kinders spring uit die motor en stap in hulle eie rigting. Alet kies koers na die restaurant waar sy vir Bernhard ontmoet.

Bernhard sit reeds by 'n tafel en wag. Toe hy haar sien, spring hy op en trek haar stoel galant uit.

Alet plaas haar arms om sy nek en soen hom vol op die mond. Hy soen haar hartstogtelik terug terwyl sy arms om haar middel glip.

"En waaraan het ek dié vriendelike groet te danke?" vra Bernhard terwyl hy in haar oë glimlag.

"Ag, sommer maar. Ek is bly om jou so gou weer te sien," lag sy blosend.

Hy wag dat sy gaan sit en skuif haar stoel in voor hy oorkant haar plaasneem. Hy neem haar hande in syne en druk hulle saggies terwyl hy diep in haar oë kyk. 'n Warm rilling hardloop teen Alet se rug af.

Die kelner onderbreek die oomblik toe hy langs die tafel verskyn. Hulle los mekaar se hande teësinnig terwyl die kelner die spyskaarte voor hulle neersit.

Bernhard skuif die wynlys eenkant toe en maak 'n spyskaart oop. Alet wonder hoekom hy nie vir haar vra of sy wyn wil hê nie. Dan bons haar hart in haar keel. Dit wys net uit watter stoffasie hy gemaak is. 'n Man wat nie drank nodig het nie.

Haar oë gly oor die spyskaart. Die een gereg lyk lekkerder as die vorige een en geduldig wag sy om te sien wat Bernhard gaan bestel. Met 'n ligte kopknik wys sy vir hom dat sy saamstem met sy keuse.

"Dis vir my nogal opmerklik dat jy en ek dieselfde smaak het, so asof ons uit dieselfde lap gesny is."

"Alet, ek het nooit vir 'n enkele oomblik daaroor getwyfel nie. Van dag een af het ek geweet jy is die ontbrekende deel waarna ek nog altyd gesoek het."

Alet kyk vinnig op. Bernhard se stem klink so intiem dat sy skoon bewerig voel. Sy moet erken dit maak haar nogal senuweeagtig want hulle ken mekaar nog nie so goed nie.

"As jy wil, kan ons 'n bottel wyn bestel, hierdie keer wil ek dit graag betaal."

"Miskien moet ek vandag bietjie afskaf," sê Bernhard glimlaggend.

"Goed, dit pas my ook. Ek wou net my kant bring."

Alet kyk om haar rond terwyl hulle vir hulle kos wag. Die volgende oomblik versteen sy.

"En nou, my lief?" vra Bernhard besorgd.

'nee, ek het my seker verbeel,' dink Alet. 'Die kinders is in die fliek. Dis seker net iemand wat baie soos Kaitlin lyk wat nou so skrams my oog gevang het.'

Sy glimlag gerusstellend vir Bernhard. "Ek het gedink ek sien iemand wat ek ken, maar ek het my seker misgis."

Sy skouerspiere trek styf. 'Asseblief net nie weer nie.'

Die kelner sit twee bottels water en kristalglase op die tafel neer. Bernhard se hande bewe effens wanneer hy vir hom en Alet skink.

"Ek het gister 'n lekker lang gesprek met my kinders gehad en natuurlik het ons oor jou gepraat." Sy hartklop vernel.

Hy kyk gemaak verontwaardig na haar. "O genade tog, ek hoop nie ek is in die warm water nie."

"Baie beslis nie, Bernhard, want hulle het albei te kenne gegee dat hulle jou graag wil ontmoet."

"Dink jy die tyd is al reg daarvoor of moet ons mekaar eers nog beter leer ken?"

"Ek sal verstaan as jy nog nie reg is nie," sê sy saggies en druk sy hand.

"Ek ... uhm ... ek is nie seker of hulle my sal aanvaar nie," antwoord hy lamlendig.

"Jy moet onthou hulle is al agt jaar sonder 'n vaderfiguur. Natuurlik hang dit af of jy bereid is om dit vir hulle te wees. Sal dit vir jou baie moeilik wees want jy ken nie juis kinders nie?"

"As jy dit nou so stel ... " huiwer Bernhard.

"Ek sê jou wat. Wanneer jy gemaklik is om hulle te ontmoet, sê my, dan kom kuier jy vir ons by die huis.

Ons sal daarvan hou om jou te onthaal. Miskien kan ons dit 'n lekker swembadbraai maak."

Bernhard kyk af na sy boepie. Alet volg sy oë en glimlag. "Niemand van ons is perfek nie. Jy gaan my aanvaar soos ek vir jou." Sy druk sy hand en hy glimlag dankbaar.

"Oukei, toemaar, kom ons los die braai en ek wys vir jou hoe 'n goeie kok ek is," verander sy die onderwerp. "Vertel my liewer meer van jouself. Ek weet nog so min. Bly jy in 'n woonstel of 'n huis?"

Bernhard wink vir die kelner. Probeer hy haar vraag omseil?

Hy bestel nog gebottelde water. "Waar was ons nou weer?" vra hy nadat die kelner geloop het.

"Jy was besig om my te vertel waar jy bly," herinner Alet hom.

"O, ja, uhm, ek bly al vir baie jare in my eie huis."

"My huis is ook nie nuut nie, ons het dit laat bou net na ons troue." Alet neem 'n slukkie water. "Het jy 'n groot tuin? Ek is baie lief vir tuinmaak. Wat van jou?"

"Ek hou nie van fyntuin nie maar is nogal trots op my rose, waarvan ek 'n groot verskeidenheid het." In sy gedagtes bedank hy Daleen daarvoor.

"Waar bly die kelner nou so lank?" probeer Bernhard die onderwerp verander.

Alet kyk oor haar skouer in die rigting waarheen die kelner verdwyn het en haar mond val oop. Sy het haar nié misgis nie. Daar sit Kaitlin en kyk reguit in haar oë. Johan sit met sy rug na haar. Kaitlin wuif vir haar en sê iets vir Johan. Hy kyk oor sy skouer en waai ook vir Alet wat huiwerig haar hand lig.

Bernhard draai sy kop en vra verbaas: "Is dit iemand wat jy ken, Alet?"

"Ja, dit is my kinders maar hulle was veronderstel om te gaan fliek," sê Alet dronkgeslaan.

"Wel, duidelik het hulle nie," brom Bernhard voor hy homself kan keer. Met skaars onderdrukte frustrasie sien hy hoe die kinders in hulle rigting stap.

Alet kyk verward na Bernhard asof sy 'n antwoord by hom soek. Vinnig probeer hy regmaak wat hy verbrou het. "Ek wou graag tyd saam met jou alleen spandeer, my engel. Dis effens ongemaklik dat hulle nou by ons kom aansluit."

'n Duisend gedagtes dwarrel deur haar kop. Wat het die twee besiel!

Wanneer hulle die tafel bereik, het sy geen ander keuse as om hulle aan Bernhard voor te stel nie.

"Bernhard, dit is Kaitlin en hierdie is Johan, en dit is oom Bernhard."

"Hallo, Oom," Johan steek sy hand vriendelik uit na Bernhard. Hulle skud hande terwyl Bernhard iets brom soos aangename kennis en weer 'n sluk water neem.

Kaitlin knik net haar kop en kyk uitdagend na Alet.

"Kaitlin! Ek het dan gedink julle gaan 'n film kyk." Alet se woorde is ongeveins en erg verbaas.

"Ma, die flieks was vol en toe besluit ons om ook iets te kom eet. Ons wou nie inbreuk maak op julle privaatheid nie. Ons het gedink as ons ook hier is, hoef ons mekaar nie te soek na die tyd nie."

Bernhard besef hy sal iets moet doen om sy irritasie weg te steek. "Kom sit. Wil julle iets hê om te drink?"

"Dankie, Oom. 'n Glas vrugtesap sal lekker wees," sê Johan en trek 'n stoel uit. Kaitlin brom iets binnesmonds, pluk 'n stoel uit en plak haarself daarop neer. Alet wring haar hande op haar skoot. Dis waarvoor sy bang was: dat Kaitlin gaan moeilik wees. Dis die kinders se eerste ontmoeting met Bernhard, alhoewel heeltemal onbepland, en sy wil hê alles moet goed afloop.

Bernhard kan nie glo dat hy moet soek vir iets om oor te praat nie en gryp na die eerste strooihalm waaraan hy kan dink. "Hoe was julle dag by die skool?" Hy kyk vraend van die een na die ander.

"Ons was nie skool toe nie, Óóm. Dit is mos nou skoolvakansie," sê Kaitlin en rol haar oë.

Bernhard is teleurgesteld in homself. Natuurlik weet hy dit. Sy volgende uitlating laat hom byna sy tong afbyt:

"Ag, lekker man. Dan kan julle mos heeldag boomklim en vingerbord speel."

Kaitlin snork deur haar neus en ignoreer Alet se kwaai kyk. Dink die man regtig hulle is kleuters?

"Ons ... uhm ... ons kyk eintlik Netflix en speel rekenaargames, Oom. En soms gaan ons mall toe of swem," verduidelik Johan hulpvaardig voordat Kaitlin iets kan sê.

"Ek sien," sê Bernhard. "En wat doen jy, dogter?" weier hy om haar op haar naam te noem.

Kaitlin kry 'n moedswillige trek op haar gesig. "Ek lê heeldag op die bank en lees Mills en Boon, Oom."

Bernhard frons. "Watse soort boeke is dit?"

"Dis hygromans," sê Kaitlin uitdagend.

Bernhard ruk sy ken op en kyk vir Alet. "Is die kind nie nog te jonk vir sulke boeke nie?"

"Sy trek jou been, Bernhard. Sy lees eintlik rillers en speurverhale," lag Alet senuweeagtig.

"Ek moet darem net sê, dogter: leuens vertel deug nie." Bernhard kyk kwaai vir Kaitlin maar byt die res van sy teregwysing terug.

Kaitlin kyk af. "Jammer, Oom," maar sy klink nie regtig jammer nie en slurp aan haar vrugtesap.

"Wel, dan het ons darem iets in gemeen," gryns Bernhard. "Ek was 'n privaatspeurder in my jongdae."

"Dan kan Oom seker baie interessante stories vertel," sê Kaitlin stroperig.

Alet verander die onderwerp deur met Bernhard te praat. "Hoe gaan dit met jou seminaar? Is dit darem die moeite werd om dit by te woon?"

"Ja, definitief. Ek leer baie dinge wat ek in die besigheid kan gebruik."

Kaitlin laat haar nie van stryk bring nie en moedswillig vra sy weer: "Vertel ons 'n bietjie van Oom se privaatspeurderdae."

"Wel, dit was baie lank gelede," begin Bernhard onseker. Dan val hy weg en vertel van 'n paar sake wat hy ondersoek het. Hoe langer hy praat, hoe meer spog hy oor hoe 'n uitstekende privaatspeurder hy was. Kaitlin frons en wag gereed met haar vrae. Sy wonder of hy regtig 'n privaatspeurder was. Miskien sê hy net so om haar ma te beïndruk, maar sy wat Kaitlin is, sal gou agterkom of hy die waarheid praat. Sy weet mos hoe die dinge werk want sy het al baie boeke daaroor gelees.

"Dis nou interessant," probeer Alet die situasie red toe Bernhard 'n slag asem skep.

"Ja, Alet, dit was die goeie ou dae."

"Hoe het Oom gemaak om info uit mense te kry?" vra Kaitlin.

"Wat se inligting bedoel jy, dogter?"

Kaitlin loer vinnig na Alet. "Ek bedoel oor die persoon wat dopgehou of ondersoek moet word."

"O, ja. Wel, ek het maar my vrae gevra by mense wat die persoon ken en daarvandaan opgevolg."

"Hoe het Oom die mense in die eerste plek opgespoor?"

"Ag, sommer deur mense wat by die polisie en sulke plekke gewerk het."

"Vandag kan mens net op die internet gaan kyk dan kry mens hope inligting oor iemand," kom dit beterweterig van Kaitlin.

"Ja ... die internet is bietjie voor my tyd. Ek het maar ander metodes gebruik." Gespanne wonder hy wat weet sy alles van die internet. Sal sy inligting oor hom gaan soek?

"Dit klink of Oom se ondersoeke álmal suksesvol was. Het Oom ooit 'n saak gehad wat Oom nie kon oplos nie?"

Alet se oë flits tussen Kaitlin en Bernhard en sy val hulle driftig in die rede.

"Kaitlin, dis nou genoeg," sê sy streng terwyl sy haar aandag op Bernhard vestig. "Sal ons bestel? Dit word laat."

Toe Kaitlin haar ma se oog vang, besef sy sy moet die aftog blaas. Sy tel die spyskaart op en vra onskuldig:

"Ma, mag ons ook iets bestel om te eet? Dit is waarvoor ons gekom het."

"Bernhard, as dit reg is met jou, sal ek die kinders se rekening betaal."

Bernhard kry 'n ongemaklike trek in sy oë. Hier sal hy 'n plan moet maak. Hoe sal dit nou lyk as hy sê sy moet self die kinders se kos betaal? Bernhard sluk. "Natuurlik kan hulle ook bestel maar jy hoef regtig nie vir hulle te betaal nie," keer Bernhard teen sy eie beterwete. Hy hoop daar is nog genoeg geld in sy bankrekening om vir die kinders se kos ook te betaal. Anders sal hy sy kredietkaart moet gebruik en Daleen gaan die bankstate elke maand noukeurig na. Hy sal solank 'n verskoning moet uitdink vir al die etes. Miskien dat hy kliënte moes onthaal. Maar dan sal Daleen wag vir hom om die geld van die werk af terug te eis. Hy sal maar die situasie hanteer wanneer dit opkom. Dalk kan hy aanbied om die state na te gaan en hulle op daardie manier onderskep.

"Kaitlin, jy en Johan hou mos baie van pasta. Kan ek namens julle bestel?" Alet ken haar dogter en besef sy sal moet wal gooi.

Johan knik inskiklik maar Kaitlin frons terwyl sy haar skouers ergerlik terugtrek. "Dis reg, Ma. Bestel vir ons pasta. Ons is gewoond daaraan."

Alet bloos bloedrooi. Sy weet nie of dit van skaamheid of ergerlikheid is nie. Uit die hoek van haar oog merk sy Bernhard se afkeurende reaksie. Die kelner verskyn langs hulle tafel en neem Alet se bestelling. 'n Rukkie later plaas die kelner hulle borde voor hulle neer.

Alet probeer die situasie ontlont en kyk verskonend na Bernhard terwyl sy skaam vra: "Mag ek nou vir ons 'n bottel wyn bestel, Bernhard?"

Kaitlin hoor nie sy antwoord nie maar sy snork van misnoeë. Alet gee haar 'n waarskuwende kyk wat haar laat swyg.

Hulle wurg aan die andersins smaaklike kos en die geselskap wil ook nie vlot nie. Kaitlin oorheers die gesprek met speurverhale wat sy al gelees en gekyk het.

Alet probeer haar bes om 'n algemene geselskap om die tafel te handhaaf maar Kaitlin sorg vir soveel spanning dat die atmosfeer gelaai bly. Die onverwagse ontmoeting is presies wat sy gevrees het. Kaitlin is daarop uit om hulle verhouding te verongeluk.

Kaitlin slurp aan die pasta met verreikende gevolge. Bernhard kyk met afkeur na die ongeskikte meisie.

"Oeps, Oom! Ek is so jammer maar dit is hoe 'n mens pasta eet."

Alet weet sy doen dit met opset en geleidelik verloor sy haar humeur en berispe Kaitlin openlik:

"Eet ordentlik, Kaitlin!"

"Oukei, Ma." Kaitlin rol haar oë.

"Verskoon asseblief die kinders, Bernhard. Hulle is nie gewoonlik so nie. Dit lyk my hulle vergeet hulle maniere in hul opgewondenheid om jou te ontmoet."

Bernhard glimlag styf. "Ek is jammer ek moet ons ete kortknip maar ek het nog 'n afspraak vanmiddag. As almal klaar is, kan ek solank reël vir die rekening."

Alet is teleurgesteld. Sy het nie geweet dat hy 'n ander afspraak ook het nie en het gehoop hulle kan by die huis verder gaan kuier aangesien hy en die kinders mekaar nou ontmoet het.

Kaitlin val op die sitplek neer en klap die motordeur ekstra hard toe. Sy vou haar arms en staar nukkerig by die venster uit.

"Maak vas jou veiligheidsgordel," beveel Alet kortaf terwyl sy in die truspieëltjie kyk. "Jy ook, Johan."

"Ja, Ma." Johan klik sy gordel in maar Kaitlin staar nog steeds by die venster uit asof sy nie vir Alet gehoor het nie.

"Kaitlin, ek práát met jou … " sê Alet geïrriteerd.

Kaitlin sug en rol haar oë terwyl sy na haar veiligheidsgordel tas. Vies druk sy die knip vas voor sy met gevoude arms by die venster uitstaar.

"En? Wat het julle twee vir julleself te sê?" vra Alet. "Veral jý, Kaitlin."

Kaitlin klap die spieëltjie af en kyk na Johan wat agter haar rondskuif op sy sitplek.

"Ek wag, Kaitlin!" kners Alet ongeduldig.

"Vra liewer vir Johan. Netnou sê ek weer iets oor die oupa wat Ma weer ongelukkig maak."

"As jy aanhou met jou houding, gaan ons 'n baie ernstige gesprek moet hê. Ek verwag van jou om Bernhard om verskoning te vra en dit is finaal. Verstaan jy my, Kaitlin?" Alet veg om haar selfbeheersing te behou.

"Johan, wat het jy vir jouself te sê?" Alet kyk vraend in die truspieëltjie.

"Uhm ... Ag Ma, ons moes iewers heen gaan toe die fliek vol is en regtig, ons wou nie moeite wees nie en net naby Ma wees," antwoord Johan onseker.

"O. En toe dink julle wragtag om op my te kom spioeneer," spoeg Alet dit beskuldigend uit. Sy skakel die flikkerlig aan maar rem hard as die robot skielik geel slaan. "So, julle het doelbewus daarheen gekom omdat ek en Bernhard daar was?"

"Natuurlik! Ons wou sien wat Ma in hom sien. Om eerlik te wees, hy is toe nie so nice dat ek my bene sal breek om saam met hom te kuier tensy dit absoluut noodsaaklik is nie," sê Kaitlin bitsig.

"Wel, hy het jou swak maniere baie goed hanteer," kap Alet terug.

"Ma, die lig is groen. Ma kan maar ry," sê Johan van agter af.

Alet sit vervaard die motor in rat en trek rukkerig weg. Die atmosfeer in die motor is swaar gelaai tot hulle by die huis indraai.

Kaitlin vlieg uit die motor, smyt die deur toe en storm voordeur toe.

Hoofstuk 8

As Bernhard al ooit die term 'donderwolk' beleef het, is dit vandag! Hy skop die kamerdeur ergerlik toe, smyt sy aktetas op die bed neer en ruk sy das verwoed van sy nek af. In die groot spieël sien hy terloops sy weerkaatsing en wonder hoe lank dit neem om 'n aar te bars. Die verdomde vermetelheid van die klein dogtertjie!

Sy gesig is bloedrooi en sy donker oë kliphard van woede. Hy het geweet die ontmoeting gaan gebeur, maar hy het nooit verwag dat die klein merrie só agterbaks is nie! Hy sal die meisiekind maklik iets kan aandoen. Verbeel jou ...

Een troos het hy darem: Alet het nie geweet dat haar oulike kinders reeds die vorige dag in die restaurant was nie.

'n Diep frons verskyn tussen sy welige wenkbroue as hy sy beursie op die bed neergooi. 'Verdomp wéér! Hoe gaan ek die klomp geld wat uit my rekening spandeer is, aan Daleen verduidelik? Deksels, daar sou genoeg wees vir my en Alet vir nog 'n ete alleen maar toe kom die kinders. Ergste is dit kom uit my sak. Net asof my bankrekening ook nog hierdie uitgawe kon oorleef. Natuurlik het Alet onderlangs aangebied om die kinders se rekening te betaal, maar wat word dan van my image! Ek kon mos nie dat Alet agterkom dat ek net 'n salaristrekker is nie.'

Hy skud die inhoud van sy beursie wrewelrig op die bed uit, net om geskok na die hopie papiere te staar. Verbeel hy hom of bewe sy vingers ietwat? Hy tel die swart en wit foto op en staar skuldig daarna.

Sy kinders se laggende gesiggies kyk terug na hom. Verbeel hy hom of is hulle glimlaggies tog effe beskuldigend? Hy hou dit nader aan sy gesig en besef sy oudste seun staar met sy eie oë na hom terug. Wanneer het Dirk dan sy gelaatstrekke aangeneem?

Skuldgevoelens begin soos 'n roofdier aan sy maagsenuwees knaag. Hoe gaan hy aan hulle verduidelik? Bernhard knyp sy oë styf toe om die stemme stil te maak. Hy hoor hoe die kinders hom aankla! Verwyte, beskuldigings en beledigings vanuit vier kinders se monde vorm 'n koor in sy benewelde brein. Vermoeid val hy op die bed neer en probeer om die tweeling se betraande gesiggies uit sy geheue te wis.

Veel later sit hy met sy kop in sy hande. 'Bernhard, is jy van jou sinne beroof?' Sy spieëlbeeld koggel hom ook nog uit! Traag reik hy na sy skootrekenaar, skakel dit aan en soek na sy banktoepassing. Die skok tref hom weereens as hy besef dat sy fondse heeltemal uitgeput is.

Wat nou gemaak? Daleen het vir hom geld voorsien, maar beslis nie genoeg om ander vrouens en nog hul aanhangsels ook te onthaal nie. Moet hy hierdie mal ding wat hy aangepak het, stop? Net een druk van die delete knoppie sal dit alles beëindig, dink hy, maar die noodlot werk nie so nie. Sy selfoon se liggie gaan aan en Alet se naam verskyn op die skermpie.

Vir 'n oomblik oorweeg hy om dit te ignoreer, maar die adrenalien wat deur sy are bruis neem oor. Hy druk die groen knoppie en sit die foon op luidspreker.

"Hoe het jy geweet ek was op die punt om jou te bel?" Sy aanvalstaktiek het nog altyd gewerk. Die gedagte dat hy al makliker leuens vertel, skuif hy na die agtergrond.

"Regtig, Bernhard? Ek bel net om verskoning te maak vir die kinders se gedrag."

Bernhard val haar in die rede met woorde wat hy nie bedoel nie. "Dit is nie 'n probleem nie, my meisie. Jý het dit mos nie beplan nie. Kom ons vergeet daarvan."

"Dankie vir jou begrip. Dit maak jou nog meer kosbaar vir my."

Bernhard gryns na sy spieëlbeeld en wens hy kan vir haar sê wat hy regtig voel. Geveins vra hy: "Mag ek nou vir jou sê hoekom ek wou bel? Net om te sê dat ek na jou verlang! Dat die aand baie lank voor my uitgestrek lê."

"Wat keer jou dan om by my te kom koffie drink?"

Bernhard se brein werk oortyd. Moet hy nou verskoning maak en voorgee asof iets voorgeval het en hy moet terug kantoor toe, of ... Alet neem onbewus die besluit namens hom.

"Toemaar, ek verstaan, jy het mos vanaand 'n lang aandsessie van lesings. Ek sal nie moeilik wees nie," antwoord sy sag en begrypend.

"Dit is so, en ek bied die lesing aan, so ek kan nie eens verskoning maak nie," lieg hy vlot en ietwat skuldig. Hy knyp sy oë toe en druk sy voorvinger teen sy slaap terwyl hy dink: 'Jy knoop jouself al stywer vas, ou maat.'

"Dit maak nie saak nie, ek sien jou môre. Moenie te laat kom nie, dan kan ons vroeg eet en nog bietjie kuier."

Hy kry skielik 'n blink idee: "Ek maak so, my mooiste. Ek moet net teen drie-uur terug wees by die gastehuis want dan is dit weer my beurt om 'n lesing aan te bied."

"Glo my, ek waardeer dit dat jy nog tyd maak vir my. Die kinders is baie opgewonde om jou by ons huis te onthaal."

Bernhard hoop dat sy nie sy snork gehoor het nie maar sy vervolg:

"Miskien moet jy net vir my 'n aanduiding gee van wat jy nié eet nie? Ek beplan mos 'n maal vir 'n koning."

"Solank ek die koning is, sal ek sorg dat hy eet wat jou mooi hande voorberei." Sy stem is nou sag, diep en baie verleidelik.

"Jy ken hom. Baie goed. Ek is die gelukkigste vrou op aarde om te weet hy laat my toe om hom ook beter te leer ken." Alet se woorde spreek van ingehoue emosies. Bernhard hoor dit aan haar diep asemhaling oor sy foon.

"Alet, jy toor met my, vroumens. Ek kan dit nie meer ontken nie, ek is besig om soos 'n skoolseun tot oor my ore verlief te raak op jou."

"Dit is 'n groot kompliment want ek weet mos dat jy kan kies en keur onder die Eva's. Ek is seker ek is nie die eerste vrou in jou lewe nie?"

"Meisie, ek het oor die jare baie vrouens ontmoet, maar glo my, nog nooit was ek so hopeloos oorrompel soos wat jy dit regkry nie. Jy is my sielsgenoot." Hy lag saggies in sy keel maar diep in sy verstand maan hy homself. 'Stadig Bernhard! Moenie die pap te dik aanmaak nie. 'n Verliefde vroumens maak wilde spronge!'

"Bernhard! Jy laat my hart by my keel uitspring. Ek het nie gedink op my ouderdom sal ek ooit weer so oor 'n man voel nie. Jy gee my hoop vir my oudag."

"Alet, jy is nog jonk en daar wag nog mooi jare vir jou. Jy gaan 'n man nog baie gelukkig maak, my pop."

"Dit hang af wie die man is," kom haar stem intiem en verleidelik. Dan spat die oomblik in flenters as hy haar stem hoor sê. "Ek kom, Kaitlin! Gee my net kans." Wat die meisie se antwoord is kan hy nie hoor nie, maar die stemtoon is beslis geïrriteerd en kwaad.

"Jammer, Bernhard, maar jy sal my moet verskoon. Ek sien jou môreoggend."

"Glo my, ek kan nie wag nie."

Na nog 'n paar intieme groetwoorde sak Bernhard weer agteroor op die bed neer. Sy keel is dik van ingehoue woede. Die meisiekind besit net 'n gawe om sy siel om te krap. Gaan sy vir altyd haar ma se lewe oorheers?

Die stemmetjie in sy binneste praat baie hard met hom. 'Wat beplan jy, Bernhard? Wat is 'vir altyd'? Hoe lank gaan jy met die speletjie volhou? Gaan jy die vrou vir altyd aan 'n lyntjie hou, of gaan jy Daleen dagvaar vir 'n egskeiding? Of nog beter, gaan jy vir die res van jou lewe twee vrouens gelukkig hou? Hoe lank gaan Daleen nog tevrede wees met jou afwesige houding?'

Daleen! Sy vrou van meer as twintig jaar en ma van sy vier kinders. Skuldig begin hy om haar te sien soos sy is, en nie dit wat hy van haar wou maak nie. Daleen is netjies op haarself, haar huis en haar kinders. Sy is 'n goeie huisvrou, altyd vriendelik en vrolik. As hy eerlik moet wees, sou hy nêrens wees sonder haar nie. Sy kla nooit en sorg vir haar gesin, of die geld min of baie is. Hulle kom niks kort nie, daarvoor sorg sy vindingryke Daleen.

Vererg skud hy sy kop. Gaan dit dan net oor Daleen? Wat van hom? Hy is moeg vir die eentonige lewe van werk toe en huis toe. Die verhouding tussen hom en Daleen is so afgewater soos flou tee.

Sy werk vereis dat hy met baie vrouens kontak het en hy weet sy persoonlikheid is alles waarvan vrouens hou. Om sy verveeldheid met homself minder te maak, het hy al meer genot gevind by die aandag van ander vrouens.

Dit is net dat Alet nie 'n los vrou is nie. Sy is eerlik, opreg en 'n vrou wat getrou aan een man sal bly. Nou wat dan van Daleen? Hy kry 'n lam gevoel in sy maag as hy dink hoe dit sal wees as hy moet uitvind dat Daleen 'n los verhouding het.

Die gedagte is so vreesaanjaend dat hy regop spring en oomblikke later spoel die stort se water stromend oor sy lyf, asof hy die gedagtes wil verdrink.

Bernhard is nie lus vir die sinnelose geselskap aan die etenstafel nie, en veral nie vir Ronel nie. Hy weet hy gaan weer haar motor nodig kry, maar hy sal haar later bel om verskoning te maak dat hy aan die slaap geraak het. Hy bestel sy aandete in sy kamer en peusel afgetrokke aan die smaaklike bord kos.

Wonder bo wonder slaap hy daardie nag soos 'n klip en die volgende oggend besef hy skuldig dat daar 'n spul oproepe op sy foon was. Vier van Alet, drie van Ronel en een van Daleen. Hy skakel Daleen eerste.

"Goeiemôre, jammer ek het jou oproep gemis gisteraand, maar ek was uitgeput na die kursus. Ek wou net gaan slaap."

"Nogal vreemd vir jou, voel jy siek?"

Onmiddellik gryp hy na die verskoning. "Miskien kry ek bietjie griep, nie ernstig nie, maar ek voel effe koorsig."

"Kry maar iets om te drink, jy kan nie nou siek word nie," antwoord Daleen besorgd.

Sy maag kriewel van irritasie. As sy net weet dat hy nie geld het nie. Dan spring 'n blink idee in sy gedagtes. Natuurlik! Hy sal kastig medisyne koop, wat sy geld uitput, en dan die pakkie by die kantoor vergeet. Tevrede klop hy homself in sy gedagtes op sy skouer. 'Briljant, ou maat!' lag hy ingenome by homself.

"Ek sal so maak, ek wil nie die naweek siek wees nie." Hy stuur groete vir die kinders en lui af.

Vir Alet stuur hy 'n boodskap:

Sien jou sommer nou-nou, moet ek iets saambring?

Volgende gooi hy sy baadjie oor sy skouer en drafstap na die eetsaal waar hy by Ronel aansluit vir ontbyt.

"Nou toe nou! Waar was jy gisteraand? Jy het nie kom eet nie, jy het nie gery nie en ook nie jou foon geantwoord nie," vis sy nuuskierig uit.

"Eenvoudige antwoord op al drie jou vrae. Ek was gedaan en het vroeg aan die slaap geraak. Hier is ek nou, uitgerus en reg vir die dag."

"Ek was bekommerd dat jy dalk siek is."

Weer gebruik hy die gemaak-siek-verskoning en benut dan die geleentheid.

"Ronel, ek weet ek maak misbruik van jou, maar ek het gewonder of ek weer jou motor mag gebruik? Ek is nie baie belangrik by vanoggend se sessie nie, en ek het gedink... "

"Bernhard, moenie verskoning soek nie, gebruik gerus die motor. Ons gaan mos môre huis toe, doen jou besigheid... " Laggend hou sy die motor se sleutels na hom uit.

Die eerste lesing is afgehandel en teen elfuur verdwyn hy soos 'n skim na buite. Hy is gespanne maar opgewonde om Alet weer te sien. Die hele pad na haar huis toe berei hy hom voor vir enige gesprek wat met Kaitlin verband hou. Hy moet homself staal om nie 'n antagonisme jeens haar te ontwikkel nie. Soos hy Alet leer ken het, sal sy niemand toelaat om tussen haar en haar kinders te kom nie.

Sy hart skop wild in sy bors as hy voor die hek stilhou. Byna oombliklik gly die hek oop en verskyn

Alet op die voorstoep. Hy vee oor sy hare en kry sy emosies onder beheer. Toneelspeel soos nooit voorheen nie, ou maat. Onthou, jy is 'n alleenloper en onbekommerde man.

"Alet, jy is mooier as ooit. Jy lyk soos 'n prentjie in jou sagte groen rokkie. Sjoe, hoe kry jy dit reg, ek het amper gedink dit is Kaitlin."

Alet bloos en staan op haar tone om hom te soengroet.

Hoofstuk 9

Dis 'n senuweeagtige Alet wat die hek dophou. Wanneer die toeter voor die hek weerklink, slaan haar hart bollemakiesie. Sy loer vlugtig deur die venster en draf na die voordeur terwyl sy 'n laaste keer haar oog oor die keurig-gedekte eetkamertafel gooi.

Kaitlin wat uitgestrek op die bank lê en lees, kyk gesteurd op. Saggies brom sy: "Oukei, my boek, bly jy maar hier want die heer en meester het sy opwagting gemaak." Sy smyt die boek driftig op die koffietafel en sit regop.

Johan kom ook in beweging en loer deur die venster. "Jislaaik, Sus, het jy gesien watse smart kar het oom Bernhard?"

"Ag, whatever, Boetie. Jy is al nes Ma. Soos julle aangaan, is hy iets uit die hemel."

"Ja, sure, Sus, weet jy enige iets van karre af? Kom kyk hiérdie gevaarte. Nogal pikswart ook. Miskien kan hy ons vir 'n spin vat! Komaan jong, ons moet seker gaan groet," sê Johan uitasem. Hy lag vir Kaitlin se suur gesig.

Alet is byna by die voordeur en in die verbygaan berispe sy haar kroos: "Onthou julle maniere, asseblief. Moenie dat ek dit weer vir julle sê nie." Sy trek haar rok reg en maak die voordeur oop voor sy die trappies afdraf om Bernhard te ontmoet.

In die voorportaal wag die twee soos bliksoldaatjies op aandag. "Dink jy hulle gaan uiteindelik inkom?" mor Kaitlin ongeduldig.

"Gee kans, Sus. Hulle wil seker 'n paar oomblikke vir hulleself hê," paai Johan.

"Soos wafferse tieners. Ek skaam my dood," blaf Kaitlin.

Alet en Bernhard kom hand aan hand teen die stoeptrappies opgestap. Bernhard staan terug sodat Alet eerste by die voordeur kan instap.

"Goeiedag, Kaitlin, Johan."

"Hallo, Oom," antwoord Johan.

"Hi."

"Wat van iets om te drink, Bernhard?"

"Dankie, Alet, dit sal lekker wees. Jou kos ruik heerlik. Ek hoor my maag grom." Bernhard vryf sy hande.

Kaitlin rol haar oë en kners op haar tande.

Nadat almal hulle plekke om die eetkamertafel ingeneem het, Alet vra: "Sal jy die tafelgebed vir ons doen, Bernhard?"

Kaitlin snork en kyk in Alet se oë. Wat is dit nou met haar ma? Hulle bid nooit voor hulle eet nie.

"Sekerlik, my meisie. Dit sal vir my 'n voorreg wees." Bernhard vat Alet se hand en selfversekerd maak hy sy oë toe. Hy begin bid ... en bid ... en bid.

Kaitlin skop teen Johan se been onder die tafel. Sy loer met een oog vir hom. Hy loer terug en hulle onderdruk 'n geproes. Kaitlin maak vir hom groot oë en trek 'n skewe mond. Hy begin giggel toe Kaitlin vir hom tong uitsteek.

Kaitlin sien Alet kyk kwaai na hulle en haastig knyp sy haar oë toe. Ook net betyds voor Bernhard met 'n lang amen afsluit.

"Dankie, Bernhard," sê Alet terwyl sy sy hand saggies druk.

"Plesier, my meisie," koer hy.

Kaitlin rol weer haar oë en Johan onderdruk sy borrelende giggel. Alet gee hulle 'n moordende kyk en vra vinnig: "Kan ek vir jou iets aangee?" Sy kyk vraend na Bernhard.

"Kom wees jy 'n engel en skep vir my in, asseblief," sê Bernhard en gee sy bord vir Alet aan.

Alet se oë rek geskok as sy die yslike hompe kos sien wat Kaitlin vir haarself inskep. Hemel, dit lyk asof die kind honger ly. Sy dam die kos by asof sy bang is iemand gryp dit by haar.

Kaitlin, weer, is skoon ergerlik. Wat makeer haar ma vandag? Dis mos nie Sondag nie. Vir wat moes sy nou 'n storm loskook vir hierdie simpel oupa!

Bernhard en Alet gesels land en sand asof die twee kinders nie teenwoordig is nie. Kaitlin raak al hoe meer geïrriteerd en Johan se gedagtes is elders. Skielik raak Kaitlin bewus van iets wat Bernhard noem.

"Alet, het jy in die stad grootgeword?"

"O, nee. Ek is 'n regte plaasjapie."

"Van waar dan, Gehasi?"

"My ouers was groot boere in die Karoo."

"Jy sê was, nooi. Beteken dit jou ouers is oorlede?"

"Albei is oorlede. My mammie so onlangs soos ses maande gelede."

"Ek is so jammer, my pop. Ek het dit nie besef nie. Het jy darem hulp gehad met die boedel? So groot boedel kan 'n erge kopseer wees. Het jy nog broers en susters?"

"Nee, jongie, ek is 'n enigste kind en vrou alleen is dit maar 'n groot gesukkel."

Kaitlin kyk vinnig op na Alet. Wat makeer haar ma? Is sy van lotjie getik? Kan sy nie sien dit is presies waarvoor die oupa wag nie?

Kortaf kom dit van Kaitlin: "My ma treur nog oor my ouma. Sy sal nog lank neem om die boedel te finaliseer."

Alet kyk vir 'n oomblik na Kaitlin. "Dit is waar, my kind, maar gelukkig is my prokureur 'n betroubare man."

"Ja, ja, natuurlik," sê Bernhard vinnig. "Ek hoop hy gaan eerlik na jou sake kyk."

"Natuurlik, Oom. Hy en my ma ken mekaar van skooldae af."

"Kaitlin!" Alet kyk verleë vir Bernhard. "Jammer, Bernhard. Die kinders weet nie altyd waar hulle plek is nie."

"Ma, jy weet mos oom Gerhard is baie besorg oor jou, en natuurlik ek en Johan ook."

Alet is senuweeagtig en met 'n sagte glimlag vra sy vir Bernhard: "As jy genoeg geëet het, kom ons gaan sit in die voorkamer dan kan Kaitlin vir ons die nagereg bring."

In die mooi sitkamer neem hulle saam op die bank plaas. Bernhard skuif tot teen haar en plaas sy arm agterom haar skouers. Met 'n gelukkige glimlag kyk sy diep in sy oë.

Op presies daardie oomblik lui sy selfoon en die oomblik spat aan skerwe. Hy kyk vlugtig na die skerm en frons. Dis Daleen se nommer. Hy huiwer 'n oomblik en druk die oproep dood. Onmiddellik begin dit weer lui.

Alet kyk vraend na hom. "Moet jy nie maar antwoord nie? Netnou is dit iets belangriks."

Hy klik sy tong en sê: "Verskoon my 'n oomblik, asseblief." Hy stap met lang hale uit die sitkamer en druk die groen knoppie. Wanneer hy op die stoep is, antwoord hy gedemp: "Wat is dit, Daleen - ek is besig!"

Kaitlin kom uit die kombuis met 'n skinkbord met poedingbakkies. Sy plaas dit vinnig op 'n tafeltjie neer en sê: "Ek's nou weer hier," en verdwyn in die gaste-badkamer.

Die badkamer se venster maak op die stoep oop en Kaitlin versteen as sy die oupa se stem hoor.

"Hoekom? Jy weet my seminaar maak eers môre klaar." Hy luister en dan hoor Kaitlin sy ontstelde uitroep.

"Daleen, wat het dan gebeur? By watter hospitaal is jy?" Hy luister weer en Kaitlin kan hoor hy is erg ontsteld.

"Gee my 'n kans, ek bel jou so gou moontlik terug."

Sy bly staan met gespitste ore maar sy hoor hoe hy by die voordeur instap. Sy spoel die toilet, was haar hande en gaan terug sitkamer toe. Sy kan nie nalaat om te sien die man is wasbleek nie. Sy lippe bewe en sonder dat hy weer gaan sit, kom sy stem skor as hy na Alet draai:

"Alet, ek is so jammer, ek het 'n krisis. Ek sal ongelukkig moet gaan."

"O aarde, Bernhard. Wat is fout?" vra Alet bekommerd.

"Net 'n krisis waaraan ek dringend moet gaan aandag skenk. Niks waaroor jy jou mooi koppie hoef te breek nie," glimlag Bernhard bewerig.

"Ag nee Bernhard, kan ons nie net gou ons nagereg eet nie?" sê Alet teleurgesteld.

Frustrasie laat Bernhard kortaf antwoord: "Alet, ek het gesê ek is jammer. Verskoon my asseblief." Wanneer hy omdraai, sien hy die kyk in Kaitlin se oë. Hy het egter nie nou tyd vir haar nie, gryp sy baadjie en met die motorsleutels in sy hand loop hy haastig by die voordeur uit.

Alet volg hom en verbaas besef sy dat hy haar nie gaan soengroet nie. Die motordeur klap reeds toe en sy druk verstom die afstandbeheer. Iets baie erg moes Bernhard so ontstel het.

Met swaar voete stap sy terug na die oop voordeur.

Kaitlin wag sy haar ma in.

"Hier's 'n slang in die gras, Ma. Dit klink of hy dringend moet huis toe gaan, waar die huis ook al is en wie se huis dit ook al is."

Alet is verlig as Johan die spanning verbreek:

"Wel, nou's daar meer poeding vir ons," sê Johan en trek skouers op.

Hy spring op en draf kombuis toe om die bak met poeding te gaan haal. Kaitlin kyk na Alet en vra smalend:

"Weet Ma hoekom die oupa so vinnig hier weg is?"

"Hy het gesê daar is 'n krisis. Ek weet nie of dit dalk by sy besigheid is nie."

"Ek het hom op die foon hoor praat toe ek in die badkamer was," sê Kaitlin.

"Jy moet ophou om mense af te luister," maan Alet. "Mens hoor altyd net die een helfte van die storie."

Johan sit die poeding en die beker vla op die tafel neer en begin vir hom skep.

"Ma, hy het niks van besigheid gepraat nie maar wel dat hy moet 'huis toe' gaan."

"Is jy seker, Kaitlin? Onthou 'huis toe' kan beteken terug na sy tuisdorp toe."

"Wel, Ma, dis 'n vrou met wie hy gepraat het en hy het vies geklink omdat sy wil hê hy moet dadelik huis toe gaan. Dit moet baie belangrik wees as hy 'n afspraak met Ma so kortknip." Kaitlin kyk uitdagend na Alet.

Alet staar peinsend terug. Sy ignoreer teen haar eie beterwete die vrou van wie Kaitlin praat. "Nee, ek verstaan dit ook nie maar vertrou hom egter genoeg om te weet hy sal nie onverantwoordelik optree nie."

"Ek hoop régtig Ma is reg. Vir my het dit geklink of hy die verantwoordelike persoon in die krisis is. Hy het nie eers voorgestel dat hulle iemand anders bel wat nader is nie," sê Kaitlin deur 'n mondvol poeding.

"Moenie met 'n mond vol kos praat nie," sê Alet meer om haar gevoelens onder beheer te kry as uit vermaning.

"Maar dink Ma nie dis 'n geldige punt nie?" frons Johan terwyl hy vir hom 'n tweede bakkie poeding skep. "As hy regtig wou, kon iemand anders mos vir hom instaan."

"Presies," kom dit heftig van Kaitlin. "Soos ek reeds gesê het, hier is iets baie groot fout."

"Kaitlin, wat jy nie weet nie, hy is 'n baie hulpvaardige man. Ek kan goed glo dat hy homself tekort sal doen om iemand anders te help," verdedig Alet vir Bernhard terwyl sy begin afdek.

"Dit mag so wees maar hy het nie vir Ma gevra of dit reg is as hy nou waai nie. Hy het net gesê hy gaan nou en Ma moes daarby inval. Ma het juis so baie moeite gedoen om vir hom poeding te maak," sê Kaitlin sarkasties.

Die kinders kyk verwagtend na Alet wat hulle blik vermy en vuil skottelgoed opmekaar stapel voor sy daarmee uitstap kombuis toe.

"Hier is 'n slang in die gras, Sus."

"Ek sê lankal so maar almal dink mos ek is paranoid, Boeta."

Hoofstuk 10

Bernhard se inherente kort humeur kom na vore. 'Hoekom moes Dirk juis nou op hierdie oomblik seerkry?' Hy wonder tog of dit so erg is as wat Daleen dit maak. Is dit nie maar weer een van haar maniere om hom af te pers nie?

'My verdomp!' ontplof hy. Sy het hom nog nooit betrek by die kinders nie. Hulle was nog nooit sy verantwoordelikheid nie. Hy en Daleen se onuitgesproke ooreenkoms was nog altyd: hy werk en sy versorg die huis en die kinders. Daar was nog nooit iets wat sy nie kon hanteer nie.

Ergerlik ruk hy sy foon uit sy sak. 'Sy beter 'n dekselse goeie verskoning te hê of vandag is daar moeilikheid.'

Sy hart ruk in sy borskas as Daleen die foon antwoord. Sy huil! Vir 'n oomblik is hy sprakeloos want Daleen huil nooit.

"Daleen, wat is fout? Ek het so gou moontlik die seminaar verlaat om jou oproep te beantwoord." Verbaas besef hy dat die leuen heeltemal natuurlik oor sy lippe vloei.

"Bernhard, Dirk was in 'n slegte ongeluk. Ek is nou
by hom. Dit was op pad terug van sy rugby-oefening."
Sy praat vinnig en deurmekaar.

Bernhard raak duiselig van skok. Hy trek van die
pad af sonder om 'n flikkerlig aan te skakel. Die motor
agter hom toet lank en hard en die bestuurder swaai
sy vuis in die lug.

"Joune ook, man!" skree hy woedend na die
bestuurder maar Daleen se huilende stem ruk hom
terug na die oproep.

"Wat gaan aan, Daleen! Het hy baie seer gekry?"

"Hy is in teater. Hy lyk nie goed nie ... "

"Daleen! Watse beserings het hy?"

"Ek weet nie maar dit lyk nie goed nie." Sy snik
saggies. "Sy been ... Bernhard ... sy arm en sy gesig."

"Daleen, kalmeer asseblief. Ek kom so gou
moontlik terug."

Nog steeds snikkend kom haar sagte antwoord:
"Dankie, Bernhard."

Bernhard se gewete begin hom aankla. Waar was
hy toe sy gesin hom nodig gehad het? Hy slaan op die
stuurwiel en probeer tevergeefs die snik keer wat uit
sy breë bors ontsnap.

Hy draai die sleutel en vlieg weg met skreeuende
bande, sy gedagtes 'n warboel. Sy kind het hom nodig
en hy is nie daar nie. 'Bernhard Kriek, jy is 'n volslae
mislukking, 'n lafaard en nie die naam Pa werd nie.'

Van die flambojante vryer van flussies is nou
weinig oor. Trane loop oor sy wange en vir die eerste
keer in maande prewel hy 'n skietgebed na bo: 'Spaar
asseblief my kind.' Die vêrste uit sy gedagtes is nou 'n
vrou met die naam van Alet.

By die gastehuis storm hy by die voordeur in en begin sy klere in 'n tas gooi. Terselfdertyd druk hy sy selfoon teen sy oor en wag vir Ronel om te antwoord. Sy stem is skor en hy moet 'n paar keer sluk om sy emosies onder beheer te kry.

"Ronel!" gil hy. "Iets baie erg het gebeur. My seun was in 'n ongeluk, hy het baie seergekry." Hy blaker dit uit sonder om te groet.

"Ai, genade, my vriend, ek is so jammer! Wil jy hê ek moet kom? Wil jy teruggaan?"

"Ja, asseblief, sien jy kans om die laaste dag op te offer?"

"Ek kom onmiddellik. Ek sal vir ons albei verskoning maak by die seminaarleier."

Bernhard probeer so vinnig moontlik pak en by die gastehuis uitteken en spoedig is hulle op die snelweg. Ronel besef dat hy niks hoor wat sy sê nie. Sy gedagtes moet by sy kind wees.

Dit bly doodstil in die motor. Ronel plaas haar hand vertroostend op sy been. Sy foon lui in sy hempsak. Sy hande bewe as hy dit soos 'n outomaat antwoord en gespanne wag vir Daleen se stem. Half geskok besef hy dit is Alet wat praat.

"Is alles reg, Bernhard? Ek is doodbekommerd oor jou." Vir die eerste keer frustreer die temerige stem van die vrou hom. Net gister was dit nog sag en liefdevol, maar nou wil hy alleen gelaat word.

"Ek is op pad huis toe. Ek kan nie nou praat nie. Ek sal jou kontak wanneer ek kan."

Vir 'n oomblik wonder Bernhard wat dan nou van hom verwag word. Moet hy nou wonder oor sy verbintenis met Alet as al wat in sy gedagtes is, is: wat van my gesin? 'Is dit wat nou gebeur het, my verdiende loon?'

Verbaas sien Ronel hoe trane deur die groot hande van die altyd-selfversekerde man vloei. Vir 'n oomblik wens sy dat sy hom kan troos.

"Ronel, kan jy vinniger ry? Ek weet ons oortree die spoedgrens, maar hierdie is 'n noodsituasie."

Gehoorsaam trap sy die pedaal dieper in en skakel terselfdertyd sy die noodligte aan.

Hoofstuk 11

Alet kyk verdwaas na die die foon in haar hand. Hoekom op aarde was Bernhard so kortaf? Hy het haar behoorlik afgejak. Sy ken hom nie so nie. Wat het dan gebeur dat die altyd-sjarmante, goedgemanierde man wat haar gedurig vertel hoe hy tot oor sy ore verlief is op haar, só met haar praat?

Kaitlin hou haar ma dop en teen die middag kan sy dit nie meer uithou nie. Sy kry Alet waar sy op die voorstoep sit. Haar hele houding is een van hartseer en moedeloosheid. Sy frons en sak op haar knieë voor Alet neer.

"Ma, wat is fout? Ek ken jou nie so nie, is dit iets waarmee ek kan help? Het dit nog steeds iets met die oupa te doen, Ma?"

"Ek weet nie, my kind. Bernhard tree baie vreemd op. Ek het hom vroeër gebel en hy was baie kortaf, my behoorlik afgejak," fluister Alet verwese.

Kaitlin byt haar lip. Sy voel onwillekeurig baie jammer vir haar ma. Hoe moet sy vir haar vertel van haar vermoedens sonder om haar ma se hart te breek? Sy byt op haar tande en trek haar asem diep in.

"Ma, ek het iets gehoor toe ek toilet toe was toe hy by ons kom eet het."

"Wat, Kaitlin? Moet net nie probeer om Bernhard swart te smeer nie. As jy seker van jou saak is, sal ek luister."

Kaitlin oorweeg om dié hardkoppige ma van haar aan haar eie lot oor te laat. Deksels! Laat sy dan haar kop stamp! Sy wou net opstaan maar die onverwagse trane in haar ma se oë laat haar herbesin.

"Ma, hy het definitief met 'n vrou met die naam Daleen gepraat. Dit het vir my geklink asof iemand siek is en hy moet dadelik terug na sy tuisdorp."

Alet staar onbegrypend na haar dogter. Is dit waaroor die telefoonoproep wat hy ontvang het, gegaan het? Hoekom het hy haar nie daarvan vertel nie? Hulle is beslis in 'n verhouding en sy sou hom graag wou ondersteun. Dan word sy yskoud. Vertrou hy haar so min dat hy nie eers sy privaatsake met haar wil deel nie?

Haar volgende gedagte vang haar onkant. Kaitlin praat van Daleen. Wie is dit? Miskien sy suster of iemand wat hy goed ken? Maar wie is dit wat siek is wat hom so dringend laat huis toe gaan, en dit sonder om haar te vertel?

Vir die eerste keer besef sy hoe min sy eintlik van Bernhard weet. Sou hy miskien nog ouers hê? Is Daleen dalk 'n versorger wat na sy ouers omsien? Hoe meer sy wonder, hoe meer groei haar bekommernis oor Bernhard. Is die arme man so gewoond om sy eie probleme te hanteer dat hy nie besef sy is daar vir hom nie?

Kaitlin staan op en stil stap sy die stoeptrappies af na die tuin. Hoe is dit moontlik dat haar ma dit nog nie kan besef nie? Glo sy regtig die oupa is so onskuldig? Wel, as hy is, sal sy met groot vreugde om verskoning vra. Per slot van sake is dit haar ma se geluk wat tel. Tog kan sy nie van die gedagte ontslae raak nie: Bernhard voel vir haar te veel na 'n pierewaaier. Sy kan net nie vat aan die man kry nie.

Alet sit die res van die dag en aand met haar rekenaar op haar skoot en wag vir Bernhard om aanlyn te kom. Die horlosie tik eentonig die minute af en later besef sy dat hy haar waarskynlik nie gaan kontak nie.

Bernhard hou sy foon in sy hande toe dit lui. Is dit nou alweer Alet? Nee, dis Daleen! Haastig antwoord hy:

"Het jy enige nuus? Is hy nog in teater?"

"Ja. Die dokter het gewaarsku dat dit 'n lang operasie kan wees," snik Daleen.

Bernhard snak na sy asem. Dirk se droom is om eendag professionele rugby te speel. Sal hy volkome herstel dat hy dit nog kan doen? 'As ek net tuis was, sou ek hom self by die rugby oefening gaan haal het. Maar nee, ek flerrie rond agter 'n vroumens aan in plaas daarvan dat ek my vaderlike plig nakom. Dit is my skuld dat Dirk 'n ongeluk gehad het. As ek daar was, sou dit nie gebeur het nie,' dink hy onsamehangend.

Bernhard vryf oor sy dikgehuilde oë. "Ek behoort oor 'n halfuur daar te wees. Ronel sal my sommer by die hospitaal kom aflaai."

"Ek wag vir jou. Bel my wanneer jy hier aankom."

"Ek maak so." Bernhard druk die oproep dood. Hy kyk na Ronel. "Kan jy nie nog bietjie vinniger ry nie?" vra hy smekend. "As jy 'n boete kry, sal ek dit betaal."

Ronel kyk senuweeagtig in Bernhard se rigting. Sy ry al ver oor die spoedgrens en sukkel effens om die motor heeltemal onder beheer te hou. Miskien moet sy dat Bernhard eerder bestuur maar hy lyk so gespanne dat sy twyfel of hy enigsins op die pad sal kan konsentreer. Laat sy maar eerder bestuur; die kanse dat sý hulle veilig tuis bring, is beter as wanneer hý nou oorneem.

"Dankie, Ronel. Ek waardeer dit," sê hy dankbaar terwyl hy die trane vir die soveelste keer van sy wange afvee.

"My vriend, jy weet mos ek is altyd daar vir jou." Daleen druk sy been. Voor sy haar hand op die stuurwiel kan terugsit, ruk 'n sterk windvlaag die motor na die linkerkant van die pad.

In 'n refleksbeweging probeer hulle albei die motor terugkry in die regte baan. Dit het nie die gewenste uitwerking nie en met skreeuende bande skuif die voertuig oor in die baan van die aankomende verkeer. Toeters blaas om hulle en sy probeer desperaat om beheer oor die voertuig te herwin.

"Ronel, pasop!" gil Bernhard terwyl hy weer na die stuurwiel probeer gryp.

Die motor beweeg van die pad af en rol teen 'n sandwal af voor dit in 'n stofwolk tot stilstand kom.

Na 'n paar oomblikke kom Ronel tot verhaal en skud haar kop. Sy beweeg haar arms en bene en voel iets warms teen die kant van haar gesig afloop. Terwyl sy met haar vingers daaroor vee, wonder sy hoekom Bernhard so stil is.

"Bernhard? Is jy oukei?" Sy kop hang vooroor, sy ken op sy bors. "Bernhard? Hoor jy my?" gil sy angsbevange. Sy skud met 'n bloederige hand aan sy arm maar hy reageer nie. Sy arm is 'n dooie gewig. Is hy net bewusteloos of ... sy wil nie eers aan die alternatief dink nie.

"Ag hemel tog!" Ronel kry haar veiligheidsgordel met 'n gesukkel los. Die motordeur is stram en die skarniere skree as sy met haar volle gewig teen die deur stamp om dit oop te stoot. Sy kruip-val op haar knieë uit die motor en sleep haar handsak nader om haar selfoon te soek. Sy raak paniekerig as sy besef dit is nie daar nie.

Die inhoud van haar handsak lê versprei oor die grond. Haar selfoon moet daar iewers wees. Met haar hand teen die motor vir ondersteuning, strompel sy rondom die voertuig om te kyk of sy haar foon kan kry. Trane stroom oor haar wange as sy Bernhard se selfoon tussen sy voete op die vloer sien. Sy strek oor sy bewustelose liggaam om dit by te kom.

Verligting laat haar duiselig voel en sy gaan sit vinnig op die grond. Vervaard tik sy die eerste noodnommer in wat sy kan onthou en wag dat hulle antwoord.

"Ons was in 'n ongeluk," snik sy toe haar oproep beantwoord word. "My vriend ... ek is bang hy is dalk dood." Soos 'n outomaat antwoord sy op die vrae:

"Op die pad tussen die stad en die dorp. Seker so halfpad op pad dorp toe."

"Ek is oukei maar my vriend is bewusteloos ... of dood," huil sy.

"Hoe lank voor julle hier is?"

Ronel begin met die selfoon in haar hand gly-gly teen die wal uitklouter. Sy sal langs die pad vir die noodvoertuig gaan wag. Sy is stofbesmeer en bloed stroom langs haar gesig en nek af. As iemand net wil stilhou! Sy sak op haar knieë neer en probeer logies dink. Bernhard! kerm sy. Moet asseblief net nie doodgaan nie!

Realiteit poog om deur haar verwarde gemoed te dring. Wat nou? Wat moet sy doen? Moet sy sy vrou laat weet? Nee! Miskien net wag tot die ambulans gekom het. Maar sê nou hy is dood?

Verbaas kyk sy af as die foon in haar hand lui. Sy antwoord instinktief sonder om die naam op die skerm te lees.

"Kan ek asseblief met Bernhard praat?" hoor sy 'n vrouestem. "Met wie praat ek nou?"

"Ons was in 'n ongeluk. Bernhard is beseer!" snik sy en dan hoor sy die welkome geluid van loeiende sirenes nader kom. Sy gil histeries toe hulle 'n paar treë van haar af stop. Sy besef nie die foon het doodgegaan nie. Die battery is pap.

"Kom! Die motor is daar onder," sy gly-val teen die wal af met die ambulansmanne op haar hakke.

Ronel word eenkant toe gestuur sodat die noodpersoneel hulle werk kan doen. Sy druk haar vuiste voor haar mond om die histerie wat dreig om haar te oorweldig, te probeer onderdruk. Bernhard se gesig is wasbleek en sy een arm hang slap as hulle hom versigtig uit die motor lig.

Dit voel soos 'n ewigheid voordat sy besef dat hy 'n drip in sy arm het. Bernhard leef! Sy strompel agter die draagbaar aan na die wagtende ambulans.

Bernhard word in die ambulans gelaai en bewend klim Ronel agter by hom in. Sy voel die prik van 'n naald in haar arm as sy op die bank neergedruk word.

"Alles is reg, Mevrou. U man het baie seer gekry maar ons sal nou by die hospitaal wees."

Sy knik woordeloos, te moeg om nou te verduidelik. Sy hoor hoe hulle haar vra wat sy naam is, en afwesig besef sy dat die paramedici haar vlugtig ondersoek. Die inspuiting bring 'n swewende gevoel oor haar. Sy sluit haar oë as sy agteroor leun teen die kant van die ambulans.

Hoofstuk 12

Daleen skuif rond op die harde stoel in die hospitaal se wagkamer en kyk op haar horlosie. Dis al meer as 'n uur gelede wat sy en Bernhard gepraat het. Hy moes al hier gewees het.

Sal sy hom bel en hoor hoekom vat hy so lank? Nee. Sy weet hy gaan kwaad word as sy hom knaend pla. Hy het mos gesê hy is op pad. Daar was seker 'n oponthoud langs die pad ... miskien padwerke.

Daleen wonder nog of sy weer vir Bernhard moet bel toe sy voetstappe hoor naderkom. Sy ruk haar kop op. Teleurstelling sprei oor haar gesig as sy sien dit is net 'n verpleegster wat van diens af kom en na die uitgang stap. Sy het gehoop dis die dokter met nuus oor Dirk.

Sy staar na die foon in haar hand en besluit: sy gaan nou vir Bernhard bel. As hy wil kwaad wees, moet hy maar kwaad wees, maar hierdie is doodsake. Gespanne druk sy Bernhard se nommer op haar foon en wag dat hy moet antwoord. Die oproep gaan direk na 'n stemboodskap. Sy wil paniekerig raak, maar onderdruk die angsgevoel. Sy moet nou koelkop bly; haar kind het haar nodig. Bernhard het seker sein verloor op die pad. Vinnig tik sy 'n boodskap:

Bel my net, asseblief.

Vir 'n oomblik klink dit simpel om so 'n boodskap te los. Natuurlik sal hy haar bel as hy kan. Uitgeput laat gly sy die foon in haar handsak, staan styf op en strek voor sy op die hospitaal se stoep uitstap. Waar bly Bernhard?

Dan vee sy 'n traan van haar wang. Dit maak nie saak wat met hulle gebeur het nie, veral in die laaste paar weke. Nou weet sy net een ding: sy het haar man nodig. Haar kind het sy pa nodig.

Sy skakel weer vir Bernhard en weereens gaan die oproep direk na 'n stemboodskap. Hierdie keer is haar boodskap dringender:

"Bernhard, waar is jy? Asseblief, bel my. Dirk is nog steeds in die teater. Bel my, asseblief. Sê my net hoe ver jy is."

Sy gaan sit moedeloos op die trappie en sit haar handsak langs haar, maar hou haar foon in haar hand vir ingeval Bernhard terugbel.

Haar kop ruk op as 'n ambulans met loeiende sirenes by die hospitaal se hek indraai en met skreeuende bande voor die ongevalle-afdeling stilhou. Twee ambulansmanne spring uit, pluk die agterdeur oop en skuif 'n draagbaar met 'n erg-beseerde man by die deur uit. Agter die paramedici klim 'n vrou uit. Sy lyk gehawend en Daleen aanvaar dat hulle in 'n ongeluk was. Die vrou volg die ambulansmanne as hulle die draagbaar by ongevalle inneem.

Hoe min weet die gewone wêreld van die daaglikse stryd om mense-lewens te red. As Dirk net uit die teater wil kom. Sy veg teen die gevoel van vrees en eensaamheid. 'Bernhard! Verdomp, weet jy nie dat jy ook 'n verantwoordelikheid het nie?'

Sy staan op, trek haar rok reg en kyk op haar foon of daar 'n boodskap is wat sy dalk nie hoor inkom het met die lawaai van die ambulans nie. Daar is egter nog niks en weereens stap sy in die lang gang af. Miskien is Dirk al uit die teater.

Sy dink aan die beseerde persoon en verward wonder sy wat met hom gebeur het. Die vrou lyk nie erg beseer nie maar sy is beslis geskok. Sy sien nog nie ander mense nie en wonder onsamehangend of iemand sal kom om die vrou by te staan. Seker die beseerde se vrou? Kalmeer, Daleen, jy het genoeg om jou oor te bekommer.

Daleen sak weer op 'n ongemaklike stoel in die wagkamer neer. Haar vingers trommel op die stoel se armleuning. Sy kyk vir die soveelste keer op haar horlosie. Wanneer maak die dokter dan klaar met Dirk se operasie? Hoe langer dit vat, hoe sekerder is sy dat daar ernstig fout is. Haar bekommernis maak haar gedaan. Daleen staar na die vloer en dan weer na haar polshorlosie en tussen-in gil haar onderbewussyn: 'Bernhard! Moenie my weer alleen laat nie!'

Sy ruk haar kop op as sy vinnige voetstappe in die gang hoor afkom. Dit is die vrou wat met die ambulans gekom het. Sy kom van die ongevalle-ontvangs af. Die arme vrou lyk deurmekaar en erg gedisoriënteerd. Haar voete is kaal, haar oë soek verward rond. Haar rok is geskeur en vol bloed en stof. Haar hare is vol gras en sy is onvas op haar voete.

Die vrou hardloop die eerste deur in, draai om en hardloop verder in die gang af. Sy gaan by elke oop by deur in en weer uit in die gang. Onder in die gang stoot 'n verpleegster 'n trollie by 'n saaldeur uit. Sy kyk verbaas na die vrou wat in volle vaart na haar toe storm.

Die verpleegster los die trollie, stap vinnig nader en vat die vrou ferm aan haar arm.

"Mevrou? Kan ek help?"

"Ek is oukei maar hy het hulp nodig. Hy is bewusteloos en ... "

Die verpleegster lei die vrou terug na die wagkamer en praat kalmerend met haar:

"So, ja. Haal 'n paar keer diep asem. Soek u na die beseerde man wat met die ambulans gekom het?"

Die vrou is nou heeltemal histeries. "Ja! Waar is hy? Suster, ons was op pad huis toe. Ons was in 'n ongeluk. Dit was nie my skuld nie. Bernhard het seergekry, hy het met 'n ambulans gekom. Ek weet nie waar hy is nie. Suster! Help my soek, ek weet nie of hy nog leef nie."

Daleen se kop ruk op. Bernhard? Sy kyk stip na die vrou asof sy 'n wese van 'n ander planeet is. Sy lyk tog vaagweg bekend maar sy kan haar nie plaas nie. Die vrou se hare is so deurmekaar en vol stof dat Daleen nie eers seker is watter kleur haar hare is nie. Dat sy in 'n ongeluk was, is nou duidelik. Sy het tog gesê Bernhard? Kan dit háár Bernhard wees? Dan slaan die besef haar soos 'n vuishou in haar maag. Hierdie vrou werk saam met hom. Sy kan nie haar naam onthou nie, maar vrees sit vlerke aan haar voete.

"Wat het jy gesê van Bernhard?" vra sy dringend en moet haar inhou om die vrou nie te skud nie.

Ronel kyk verslae na Daleen. Begrip daag in haar dowwe oë." Jy is Daleen, ek is Ronel, ek en Bernhard werk saam." Trane stroom oor haar wange as sy vervolg: "Daleen, ons was in 'n ongeluk. Bernhard... ek weet nie..."

"Ag, liewe hemel, nee!" hyg Daleen en gryp Ronel aan die arm. "Waarvan praat jy, waar is Bernhard? Waar was die ongeluk?"

Ronel gooi haar arms om Daleen se nek. "Ek is so jammer. Ek het nie bedoel om 'n ongeluk te maak nie. Bernhard het my die heeltyd aangepor om vinniger te ry, toe verloor ek beheer oor die motor en ry van die pad af."

"Waar is Bernhard, Ronel?" roep Daleen.

"Ek weet nie, ek moes gaan vorms invul," snik Ronel.

Die verpleegster volg die gesprek en staan op. "Ek sal gou by ongevalle gaan hoor." Daleen staan op om die verpleegster te volg, maar sy druk haar ferm terug in haar stoel. "Wag asseblief hier, Mevrou. Ek is nou terug."

Daleen wend haar weer tot Ronel. "Ek kan dit nie glo nie! Hoe sleg het hy seergekry?"

Ronel skud haar kop. "Ek weet nie. Hy het glad nie gereageer nie. Hulle het hom op 'n draagbaar gesit en ons hiernatoe gebring." Ronel bewe soos 'n riet terwyl die trane oor haar wange rol.

Daleen probeer sin maak uit die afgelope paar minute se gebeure. Bernhard! Dan was dit hý wat in die ambulans was. Dirk en Bernhard albei in die hospitaal en sy weet nie hoe ernstig een van die twee beseer is nie. Haar skouers begin skud en droë snikke ruk uit haar bors.

Sy voel 'n hand in hare en asof in 'n waas, kyk sy in Ronel se traanbesmeerde gesig.

"Daleen, ek is so jammer, hy wou net gou by jou uitkom."

Die woorde is so vol pyn dat Daleen onbewustelik die ander vrou teen haar vasdruk. Sy kalmeer effens en Daleen hou haar aan haar bo-arms vas: "Niemand maak met opset 'n ongeluk nie. Ek is net bly julle is hier."

Ronel knik net met traan-nat wange voor sy op 'n stoel langs Daleen neersak. Ronel neem haar hand.

"Daleen, jy moet weet, Bernhard wou by jou wees," snuif Ronel as sy probeer om Daleen te troos. Sy reik na haar stof-besmeerde handsak. "Hier is Bernhard se selfoon en laptop. Iemand het gebel na die ongeluk gebeur het en toe het die foon se battery doodgegaan. Was dit jy?"

Daleen neem fronsend die foon. Dit is later se bekommernis, sy het nie deurgekom na sy nommer nie. Dit is ook nie nou belangrik nie, sy moet eers gaan uitvind met Bernhard aangaan.

Daleen druk die foon in haar sak. Sy sal dit by die huis laai.

Ronel begin opnuut snik en Daleen sit haar arm vertroostend om haar skouers terwyl sy met die ander hand 'n snesie uit haar handsak grawe en vir Ronel aangee. Ronel neem dit dankbaar, blaas haar neus en vee die trane van haar wange af. Daleen kry haar jammer as sy sien hoe hard sy probeer om beheer oor haarself te kry.

"Daleen, ek is so bitter jammer. Ek was so jammer vir Bernhard, sy hart was stukkend oor sy kind. Ek wou hom net so gou moontlik by die huis kry," stotter Ronel terwyl die trane dreig om weer te vloei.

Daleen, wat altyd 'n sterk mens is, kan voel sy begin swig onder die spanning. Haar man én haar seun gelyktydig in die hospitaal en sy weet nie hoe ernstig een van die twee se toestand is nie. Trane brand agter haar ooglede en voor sy kan keer, ruk haar skouers soos sy snik.

Hierdie keer sit Ronel haar arms om Daleen en wieg haar vertroostend heen en weer. "Alles sal reg kom. Jy sal sien," fluister Ronel lamlendig.

Iemand maak 'n paar treë van die vrouens af keel skoon. "Mevrou Kriek?"

Ronel laat Daleen gaan en Daleen spring vervaard op. "Dit is ek, Dokter."

"Dirk is buite gevaar. Dit was 'n lang en moeilike operasie maar met goeie sorg sal hy gou weer op die been wees."

Daleen soek weer na Ronel se hand. Sy is amper te bang om te vra. "En my man, Dokter? ... Bernhard?"

"Ek aanvaar dit is die motorongeluk-pasiënt? Hemel, Mevrou! Is dit jou man? Ek is so jammer. Die paramedici het hom gestabiliseer en hy word voorberei vir die teater. Ek glo hulle is besig om x-strale te neem. Dokter Booysen is by hom, en ek het ongelukkig nie enige verdere inligting nie. Ek sal probeer uitvind, maar ek het weer 'n operasie wat wag," verduidelik die dokter simpatiek.

Daleen voel duiselig en sak vinnig op die stoel agter haar neer. Ronel sit besorgd haar arm om haar skouers.

Die dokter stap haastig in die gang af en die twee vrouens sit in geskokte stilte langs mekaar.

"Daleen, ek voel so magteloos. Is daar iets wat ek vir jou kan doen?"

"Nee, ek glo nie maar dankie dat jy hier is. Sien jy kans om nog 'n rukkie by my te bly?"

"Natuurlik, ek het in elk geval nie vervoer nie," antwoord Ronel flou.

"Ek sal jou by jou huis gaan aflaai. Ons wag net om nuus te kry van Bernhard."

"Dankie."

Hoofstuk 13

Alet staar verslae na die dooie instrument in haar hand. Nee, dit kan nie wees nie. Bernhard was in 'n ongeluk! Haar asem ruk in haar keel en 'n onderdrukte gil ontsnap oor haar bewende lippe. Kaitlin hoor die gil en storm vervaard na die sitkamer waar sy Alet aantref terwyl sy wasbleek op die bank neersak.

"Ma! Wat gaan aan?" Die bekommerde stem van haar dogter dring tot haar deur.

"Dis Bernhard! Hy was in 'n ongeluk! Kaitlin, kom, ons moet gaan kyk, ek weet nie hoe erg hy seergekry het nie! Kom ons ry!" Alet praat onsamehangend en soek na haar motorsleutel.

"Kalmeer, Ma! Dit is sleg, maar hoe weet Ma dit?"

"Ek het gebel, iemand het sy foon geantwoord."

"Ma, wag! Waar het dit gebeur? Waar is hy, in watter hospitaal?"

Alet voel hoe sy beheer oor haar emosies verloor. Sy gil die woorde uit:

"Ek weet nie, Kaitlin! Ek weet niks, ek weet net ek moet weet of hy leef. Kom ons ry!"

Kaitlin se oë rek. Hierdie vrou wat altyd in beheer van haarself is, is histeries van skok. Sy slaan haar arms om die snikkende Alet en probeer haar troos.

"Ma, ek is so jammer! Ek wil help maar waar gaan ons na hom soek? In watter hospitaal?"

"Ek weet nie, Kaitlin, bring my foon dat ons kan bel."

Kaitlin tel haar ma se foon op en skakel Bernhard se nommer. Dit gaan onmiddellik oor na 'n stemboodskap. Sy besef dat sy haar ma sal moet kalmeer totdat hulle antwoorde het.

"Ek gaan net my foon ook haal. Sit Ma en probeer net rustig raak."

"Dankie, my kind. Kaitlin, ek het Bernhard weer probeer bel."

"Ma moes hom maar net kans gegee het om self te bel."

"Nee, Kaitlin, jy verstaan nie. Ek het byna 'n uur later weer gebel." Hierdie keer is haar wange bloedrooi as sy Kaitlin se mond sien oopgaan, heel moontlik om haar te betig.

"Wag, Kaitlin! Laat my klaar praat." Kaitlin pers haar lippe op mekaar en kyk afwagtend na Alet.

"Ek het hom weer gebel, maar 'n vrou het sy foon geantwoord."

"Ma, ek het mos gesê hy het met 'n vrou gepraat!"

"Jy is weer verkeerd, Kaitlin! Dit was toe ek uitvind van die ongeluk! Die vrou was histeries! Sy het bly skree dat hulle in 'n ongeluk was. Sy en Bernhard. Waar, hoe en hoekom hulle in 'n ongeluk was, weet ek nie. Sy het net gesê die ambulans is op pad."

"Hemel, Ma! Nou verstaan ek eers! As Ma net meer samehangend kan wees."

Alet begin weer sag snik. "Ek wil mal word. As ek net weet in watter hospitaal hy opgeneem is."

Hoe meer hulle die saak bespreek, hoe meer histeries raak Alet. Dit is asof die hele gebeurtenis nou eers werklik tot haar deurdring. Kaitlin het haar ma nog nooit so gesien nie en weet nie wat om te doen nie.

"Ek gaan vir Ma 'n glas suikerwater haal," sê sy op pad kombuis toe met haar ma se selfoon in haar hand.

In die kombuis bel Kaitlin vinnig vir Rina. "Tannie, my ma het nou net uitgevind oom Bernhard was in 'n ongeluk. Sy is histeries. Ek weet nie wat om te doen nie. Kan Tannie kom help? Asseblief?" smeek Kaitlin.

"Ek kom. Ek ry nou dadelik." Kaitlin hoor Rina se karsleutels klingel nog voor sy die oproep beëindig.

Kaitlin stap terug sitkamer toe met die suikerwater.

"Hier, Ma. Drink dit. Dit sal help vir die skok. Ek het vir tannie Rina gebel. Sy is op pad." Kaitlin neem die leë glas by Alet en vat dit terug kombuis toe.

Die voordeurklokkie lui. Ek hoop dis tannie Rina, dink Kaitlin terwyl sy by 'n beweginglose Alet verby draf om die deur te gaan oopmaak.

Alet hoor hoe Kaitlin vir Rina verduidelik wat gebeur het terwyl hulle sitkamer toe loop. Sy vee vinnig die trane van haar wange af en snuit haar neus voor sy opstaan om Rina tegemoet te stap.

"Liewe aarde, Alet. Kyk hoe lyk jy! Jy is in totale skok. Moet ek jou nie dokter toe vat vir 'n inspuiting om te kalmeer nie, jong?" vra Rina terwyl sy Alet styf vasdruk en haar rug vryf om haar te probeer kalmeer.

Alet snik onbeheersd op Rina se skouer. Sy leun al swaarder op Rina. "Kaitlin! Kom help. Ek dink jou ma gaan flou word."

Kaitlin storm nader en help Rina om Alet op die bank te laat neersak. Alet is doodsbleek en staar net voor haar uit.

"Alet! Praat met my!" Rina klap liggies aan haar wange.

Alet se oë fokus stadig op Rina. "Miskien moet ons maar al die hospitale skakel en hoor by watter een hy opgeneem is."

"Ma, dit is onlogies. Jy weet nie waar die ongeluk was nie, dalk nie eers na aan die stad nie."

Alet sluit haar oë en probeer perspektief kry. Bernhard sal haar bel wanneer hy kan, daarvan is sy oortuig. Dan tref 'n volgende gedagte haar.

"Wat as hy so ernstig beseer is dat hy nie eers op 'n foon kan praat nie? Miskien moet ek hom weer skakel. Die ergste wat kan gebeur is dat ek kan uitvind wat gebeur het?"

Ten spyte van die erns van die situasie, glimlag Rina vir Alet se woordkeuse. Sy plaas haar arm om Alet se skouers en gee haar 'n drukkie.

Kaitlin byt haar lip waar sy aan Alet se ander kant sit. Sy wil nie haar ma afraai nie, maar ook nie aanmoedig om weer te bel nie.

Alet vat haar selfoon met 'n kloppende hart. Sy druk Bernhard se nommer. Haar oproep gaan direk na 'n stemboodskap. Paniek dreig weer om van haar besit te neem. Sy snik en val agteroor teen die bank se rugleuning met geslote oë.

Rina gryp Alet se hand. "Alet!"

"Mamma?" vra Kaitlin onseker. Slaap haar ma dan nou?

Alet se oë vlieg oop en verward spring sy regop. "Ek móét net uitvind in watter hospitaal hy is. Dan kan ek na hom toe gaan en ten minste iets vir hom beteken. Waar is my handsak?"

Rina vat haar hand en trek haar af dat sy weer op die rusbank sit. "Wag nou eers, Alet. Jy is nie in 'n toestand om te ry nie. Jy weet buitendien nog nie na watter hospitaal om te gaan nie." Rina vryf paaiend oor Alet se rug. Alet kalmeer effens en leun terug met 'n swaar sug.

"Ek weet jy is reg, vriendin. Ek voel net so magteloos. Al wat ek wil doen is om by Bernhard te wees maar my hande is afgekap," snik Alet moedeloos.

"Kaitlin, gaan maak jy vir ons 'n groot pot sterk tee." Rina kyk na Alet. "As jy iets in jou lyf gekry het, sal jy beter voel."

Alet knik net en vee oor haar natgehuilde wange.

Nadat Rina vir Alet 'n paar koppies soet tee ingejaag het, begin sy aanstaltes maak. "Laat weet my bietjie later hoe dit gaan," fluister sy vir Kaitlin by die voordeur.

Alet moes van uitputting aan die slaap geraak het. Sy is styf gesit en besef dat dit reeds skemer is. Haar eerste gedagte is aan Bernhard. Sy gryp haar selfoon en haar hart sink in haar skoene as sy besef dat hy nog nie gebel het nie. Impulsief druk sy sy nommer en luister ontsteld hoe die foon onmiddellik weer na 'n stemboodskap gaan. Sy luister ongeduldig na die boodskap en nog voordat die lang bliep stil word, snik sy: "Bernhard! Waar is jy? Bel my."

Kaitlin kom ingestap met Alet se skootrekenaar en plaas dit op haar bewende bene neer.

"Ma, kyk of Ma iets kan wys word op sy Facebook-profiel."

Alet skakel gehoorsaam die rekenaar aan en dan kyk sy vas in Bernhard se aantreklike gesig wat na haar glimlag. Trane vloei onbeheers oor haar wange en sy sit terug toe Kaitlin by haar oorneem.

"Hier is geen boodskappe nie, Ma. Kom ons soek tussen sy Facebookvriende. Miskien sien ons iemand wat ons kan kontak om te hoor hoe dit met hom gaan. Hy het nie baie vriende nie, minder as dertig."

"Ek weet, en meestal lyk dit soos sy kollegas."

Hulle gaan deur die lys van sy vriende. Niemand lyk vir Alet bekend nie. Sy onderdruk die gevoel van histerie wat in haar opwel. Weet sy regtig so min van die man wat sy lief het?

Sy klap haar laptop toe en bly verwese op die bank sit. Dit word donker en later neem sy willoos die bordjie met 'n toebroodjie by Kaitlin. Eet is die laaste ding waaraan sy nou dink.

Later bring Kaitlin 'n klein wit pilletjie en 'n glas water.

"Ma, drink dié en gaan neem 'n warm stort. Dit dien geen doel om heelnag hier te sit nie. Ek belowe ek sal Ma se foon dophou. Môre is nog 'n dag, ons sal beslis iets uitvind."

Die volgende oggend bring Kaitlin vir Alet koffie, gaan sit langs haar op die bed en gee Alet se selfoon vir haar.

"Jammer, Ma, hier is nog niks. Ek gaan weer na oom Bernhard se profiel op Facebook kyk. Miskien het ons gisteraand iets gemis."

Kaitlin gaan na haar kamer en gaan met haar eie laptop in op Facebook. Sy kry Bernhard se profiel en rol deur die blad. Iets trek haar aandag: die naam Daleen. Haar van is ook Kriek so sy is seker familie van Bernhard. Vinnig druk sy op die naam en wag ongeduldig dat die blad oopmaak.

Omdat sy dieselfde van het as Bernhard, gaan sy vlugtig deur Daleen se inligting. Dan trek nog iets haar aandag: die naam Dirk Kriek!

Sy maak sy blad oop en dan rek haar oë. Een van Dirk se vriende spreek simpatie uit met Dirk se ongeluk. Is dit die noodgeval waarvoor Bernhard so dringend moes teruggaan huis toe? Die volgende opmerking laat haar byna van haar stoel afval van skok.

Dirk, ou maat, jy moet vasbyt, jou pa het jou nou nodig!

'n Volgende kommentaar bied hulp aan tannie Daleen, sterkte en *mag oom Bernhard gou herstel.*

Stadig maar seker dring dit tot Kaitlin deur: Dirk is Bernhard se seun! Sy onderdruk 'n gil van woede. "Die vark! Die arme alleenloper! Dirk se pa en Daleen se man!"

Haar hart slaan in haar keel as sy opkyk en haar ma, verwese en moedeloos, in die kamer se deur sien staan. Sy klap die rekenaar toe en staan vinnig op.

"Kaitlin? Kon jy iets wys word? Bernhard se foon is nog steeds af."

Nog nooit in haar jong lewe het Kaitlin so innig begeer om net eenmaal 'n moord te pleeg nie.

"Kom ons gaan kombuis toe, Ma. Ek het behoefte aan 'n koppie koffie."

Hoofstuk 14

"Mevrou Kriek, u kan maar saam kom," sê die verpleegster en stap voor Daleen uit na Bernhard se hospitaalkamer. "Dokter sal nou by Mevrou wees," sê sy saggies voor sy by die deur uitstap.

Daleen staar na Bernhard se slapende gesig wat op die spierwit kussing lê. Sy vel is blas maar vandag is hy wasbleek, tot sy lippe is doodsbleek. Sy vat saggies aan sy arm. Sy sit nog so met haar hand op sy arm toe die dokter later instap.

Hy knik vir Daleen en gaan staan by die tafeltjie by die voetenent van die bed. Terwyl hy deur Bernhard se kaart gaan, sê hy: "Die nood-operasie was 'n sukses. Meneer Kriek behoort nou enige oomblik by te kom. Hou ingedagte dat ek hom morfien gegee het vir pyn en dit kan hom deurmekaar laat voel."

Die dokter teken Bernhard se kaart en laat Daleen alleen.

Sy maak haarself gemaklik in die stoel langs Bernhard se bed. Kort voor lank raak haar ooglede swaar en haar oë val toe. Sy skrik wakker toe die suster aan haar arm raak. "Kan ek vir Mevrou 'n koppie tee bring?"

"Dankie," sê Daleen en staan terselfdertyd op om te kyk hoe lyk Bernhard. Hy slaap nog vas en sy gaan sit weer. Sy neem dankbaar die tee by die suster.

Sy moet seker op 'n stadium huis toe gaan al is dit net om te gaan bad en skoon klere aan te trek. Sy moet die kinders bel om te hoor hoe dit met hulle gaan. Die arme goed, hulle is rasend bekommerd oor hul pa en broer wat gelyktydig in die hospitaal is. Gelukkig is die tweeling al oud en verantwoordelik genoeg om die fort te hou al is sy self nie daar nie. Eintlik het sy 'n ordentlike maaltyd ook nodig maar sy wil graag wag totdat Bernhard wakker word voordat sy huis toe gaan.

Nadat die verpleegster Bernhard se bed reggetrek het en sy bloeddruk geneem het, gaan sit Daleen weer langs sy bed en vou haar hande op haar skoot. Sy staar ingedagte na Bernhard se stil gesig. Trane wel in haar oë op en sy grawe in haar handsak rond vir 'n snesie. Sy vat Bernhard se selfoon raak en kyk peinsend daarna. Sy moet onthou om dit te laai. Daar is dalk belangrike boodskappe wat sy namens hom kan hanteer. Sy neem 'n blits besluit. Miskien moet sy gou by Dirk gaan inloer. Dit is vir haar op die oomblik belangrik om te weet hoe dit met hom gaan.

Dirk sit regop teen sy kussings en sy oë verhelder as hy sy ma sien.

Na 'n kort gesprek, sê Daleen: "Seun, daar is iets wat Mamma jou moet vertel. Daar het iets gebeur."

Dirk se oë rek as hy vraend na haar kyk. "Wat, Mamma? Is Pa al hier?"

"Nee. Dit is waaroor dit gaan. Pappa was in 'n ongeluk op pad hierheen." Sy het Dirk se reaksie verwag en spontaan vou sy haar arms om sy skouers.

Hy vra in 'n skor stem: "Het hy seergekry, Mamma?"

"Ja, my kind, maar hy is buite gevaar. Hy is ook hier in die hospitaal."

Hy mik om uit die bed te klim. "Mamma, vat my na Pa toe. Ek wil hom sien."

"Wees net rustig. Ek belowe jou sodra dit moontlik is, sal ons jou na hom toe vat," sê sy vertroostend.

'n Lang ruk later is sy tevrede dat Dirk rustiger is en met die belofte dat sy weer sal kom, haas sy haar terug na Bernhard.

Wanneer sy terugkom in Bernhard se kamer, voel sy meer gerus oor Dirk.

Die verpleegster kom loer weer in en maak 'n paar aantekeninge op die kaart. Bernhard het nog nie wakker geword nie en oor haar skouer sê sy: "Sterkte, Mevrou," en stap uit.

Daleen voel verlig as die dokter haastig by die kamer instap. Hy buig oor Bernhard se bed en ondersoek hom vlugtig dan kyk hy fronsend na sy kaart.

Daleen se hart sak in haar skoene. Die dokter se strak gesig voorspel nie goeie nuus nie. "Wat is fout, Dokter?" stamel sy.

"Miskien wil u 'n blaaskansie vat om huis toe te gaan? Hy kan nog 'n onbepaalde tyd slaap."

Wanneer Daleen langs die huis stop, kom die tweeling by die voordeur uit.

"Hoe gaan dit met Pappa en Dirk?" vra Mieke bekommerd.

"Ek was vroeër by Dirk. Hy lyk goed en stuur groete." Daleen probeer haar bes om gerusstellend te glimlag.

"En Pappa?" vra Marna. "Het Mamma al met hom gepraat?"

"Nee. Hy slaap nog die heeltyd van die pynmedikasie. Hy sal seker nou enige tyd wakker word. As hy kan praat, sal ek julle bel dan kan julle self met hom gesels," probeer Daleen hulle gerus stel.

Sy laai Bernhard se foon, gaan neem 'n vinnige stort, trek skoon klere aan en eet vinnig iets wat die dogters vir haar voorberei het. So gou as wat sy kan, maak sy reg om weer hospitaal toe te gaan.

Daleen maak eers 'n draai by Dirk en maak seker dat hy gemaklik is.

"Hallo, Seun." Daleen druk Dirk se skouer saggies, versigtig om hom nie seer te maak nie. "Hoe voel jy nou?"

"Hi, Ma. Ek is oukei. Wat van Pa?"

"Ek gaan nou na hom toe. So ver ek weet, is sy toestand nog onveranderd. Hy slaap nog na die operasie."

Sy kan die verligting op sy gesig sien. Dan verhelder 'n glimlag sy gesig as hy sy gipsarm na haar toe uit hou. "Kyk wat het ek gedoen." Die gips lyk soos 'n moderne skildery. Hy het dit vol rugbyballe geteken en sy rugbyhelde se name tussen-in geskryf.

Daleen kan nie help om te lag nie. Hierdie seun van haar is regtig rugbymal tot binne-in sy hospitaalbed.

"Hier is vir jou iets lekkers. Geniet dit solank ek net vinnig draf om te gaan kyk wat gaan by Pappa aan." Sy sit 'n sjokolade op sy bedkassie.

"Ma sal my kom haal as ek hom kan gaan sien, né?"

"Dit belowe ek jou. Wees nou net rustig."

Daleen soen hom op die voorkop en vryf sy hare deurmekaar. Sy glimlag teer as sy die volgende woorde hoor:

"Oukei, Ma. Dink Ma Pa sal reg wees vir die naweek se Bulle-game?" vra Dirk voor hy die laaste van die sjokolade in sy mond sit.

Daleen knik net en vermy Dirk se oë. "Ek hoop so." Daleen wuif terwyl sy by die deur uitstap.

Voor sy na Bernhard se kamer gaan, doen sy navraag by die verpleegsters se toonbank. "Is daar enige nuus oor my man, Suster?" vra sy, gelyktydig hoopvol en bang.

Die verpleegster tel 'n hopie lêers op. "Dokter het toetse laat doen maar ek het nog nie die uitslae gekry nie. Mevrou kan solank ingaan."

Daleen gaan sit met 'n sug op haar pos langs Bernhard se bed. Hy lyk nog dieselfde as vroeër vandag, asof hy in 'n diep slaap is. Miskien is dit die pynmedikasie wat nog nie uitgewerk is nie.

Sy voel meer hoopvol as vroeër. Die wete dat Dirk nou weet van sy pa, is vir haar 'n groot verligting. Die feit dat dit goed gaan met Dirk, kom lê warm in haar hart.

Haar hart spring in haar keel as sy haastige voetstappe hoor nader kom. Die dokter klop liggies aan die deur en maak keel skoon voor hy instap.

"Mevrou, ek het toetse laat doen en ek het van die uitslae gekry," val die dokter met die deur in die huis.

Lamheid spoel deur haar lyf as sy die dokter se ernstige gesig sien.

"Wat ... wat presies beteken dit?" vra Daleen verward.

"Ons was bekommerd omdat hy nie wakker word nie en hy in 'n koma is."

"Dokter, wat gaan nou gebeur? Wat gaan julle doen?" vra sy verskrik.

"Daarvoor sal ons verdere toetse doen en u op hoogte hou."

"Dokter, dink jy hy gaan herstel?" vra Daleen terwyl sy haar asem ophou.

"Ons doen alles in ons vermoë."

Trane dam in Daleen se oë op. Die dokter kom staan langs haar en druk haar skouer bemoedigend. "Ek is jammer, maar ek verkies om u voor te berei," sê hy saggies.

Daleen staar nikssiende voor haar uit, sy hoor niks van wat die dokter verder sê nie. Sy het soveel vrae om vir Bernhard te vra, as hy net wil wakker word.

Laatmiddag loer sy weer by Dirk in voor sy teruggaan na Bernhard se kamer. Sy toestand is onveranderd en vroegaand besluit sy om huis toe te gaan en 'n goeie nag se slaap in te kry.

Nadat die drie kinders gaan slaap het, neem Daleen 'n warm stort en kruip uitgeput in die bed. Sy is egter oormoeg en kan nie aan die slaap raak nie. Terwyl sy lê en rondrol, loop haar gedagtes wyd.

Sy besef hoe ver sy en Bernhard oor die jare uitmekaar gedryf het. Hulle leef wel in dieselfde huis maar sy weet nie regtig wat in sy kop en hart aangaan nie. Na sy vorige verhouding, het sy self al hoe meer onttrek van hom so sy het ook skuld daaraan dat hulle soos vreemdelinge in een huis bly.

Trane prik agter haar ooglede as sy terugdink aan hoe hul verhouding vroeër was. Hulle het alles gedeel en gereeld met mekaar gesels. Nou praat hulle net oor die kinders en niks anders nie. Die kinders is die enigste gom wat hulle huwelik nou nog bymekaar hou. As dit nie vir hulle was nie, was sy en Bernhard seker lankal uitmekaar.

Maar ten spyte van alles is sy nog steeds lief vir hom. Ongeag die feit dat hy 'n vorige buite-egtelike verhouding gehad het met Nadia en hulle uitmekaar gedryf het, bly hy haar man en die pa van haar kinders. Hulle is al 'n leeftyd getroud en sy kan haar nie voorstel hoe dit sal wees as hy nie daar is nie. Dit maak nie saak wat gebeur het nie, sy is nie reg om hom te verloor nie.

Hoe voel hy werklik oor haar op hierdie stadium? Haar hart kramp as sy dink: laat ek net asseblief verkeerd wees. Sal hy instem om 'n berader te gaan sien as sy hom vra? Miskien is daar nog genoeg van hulle verhouding oor dat hulle weer die drade kan optel en 'n nuwe, liefdevolle huwelik kan opbou.

Sy is so verlig dat Bernhard nie ernstiger seergekry het of selfs dood is nie. Sou sy dit kon hanteer as Bernhard gesterf het in die ongeluk?

Hoe gaan Bernhard reageer wanneer hy wakker word? Sal hy haar langs sy bed wil hê? Hoe gaan sy self reageer? Sy weet net dat sy nie gereed is om hom uit haar lewe te skuif nie.

In die vroeë oggendure val Daleen in 'n onrustige slaap.

Wanneer Marna die volgende oggend vir Daleen 'n koppie koffie in die bed bring, voel dit of sy skaars 'n minuut gelede haar oë toegemaak het. Sy voel moeg en afgerem van die laaste paar dae se spanning maar is vasbeslote om te doen wat sy gewoonlik doen: maak nie saak wat die lewe na haar kant toe gooi nie, sy kom altyd bo uit. Daleen kan omtrent enigiets hanteer maar sy weet ook dat selfs 'n sterk mens 'n breekpunt het. Sy kan nie nou bekostig om te breek nie. Haar man en haar seun het haar nodiger as ooit.

Voor ontbyt skakel Daleen die hospitaal om te hoor of daar enige nuus oor Bernhard is. Sy begin bewe toe die verpleegster sê: "Dit sal goed wees as Mevrou kan inkom."

Sy moet haarself forseer om ontbyt te eet en nie net die bord weg te stoot nie. Sy vertrek onmiddellik daarna hospitaal toe.

Sy vat maar weer Bernhard se selfoon saam. Miskien word hy wakker en dan sal hy wil weet of daar enige dringende boodskappe is. Hy het baie lojale kliënte en dis omdat hy uitstekende diens lewer. Hy sal hulle nie in die steek wil laat nie.

Hoofstuk 15

Kaitlin skakel die ketel aan. "Sit, Ma," sê sy vir Alet wat soos 'n spook ronddwaal in die kombuis.

Alet sak in 'n stoel neer met haar kop in haar hande. Kaitlin haat dit om haar ma so te sien. Sy wens sy hoef nie vir haar te vertel wat sy oor die oupa ontdek het nie. Maar hoe gouer Alet weet wie en wat hy regtig is, hoe gouer kan sy hom uit haar lewe skuif en aangaan. Sy verdien soveel beter as 'n oneerlike skerminkel soos hy.

Kaitlin gaan sit langs Alet. "Ma, ek het goed oor oom Bernhard op die internet gekry," stamel sy saggies en onseker.

Alet ruk haar kop op en staar hoopvol na Kaitlin. "Is ... is hy oukei? Waar is hy?"

Kaitlin se hart sak in haar skoene as sy die hoop in haar ma se oë sien brand. As sy maar net weet ... die vark!

Kaitlin vat Alet se bewende hand in hare: "Hy is in die hospitaal. En..." Kaitlin weifel vir 'n oomblik. Sy kan haarself nie sovêr kry om haar ma te vertel van Daleen en Dirk nie.

Alet sit regop en trek haar hand weg. "En, wat? Kaitlin, wat is daar wat jy my nie vertel nie?"

Kaitlin weet nie hoe om dit taktvol te stel nie en blaker dit net uit: "Ma, dit lyk of hy 'n vrou en 'n seun het."

Alet se oë rek en sy kyk ongelowig na Kaitlin, dan vertrek haar gesig en sy begin onbeheersd snik. Hoe kan dit wees? Bernhard het gesê hy is nie getroud nie. Onsamehangende vrae tuimel deur haar verwarde gemoed. Het hy vir haar gelieg? Hulle het mekaar dan op 'n aanlyn dating webwerf ontmoet. Wat soek hy daar as hy reeds getroud is? Hoe kon hy? Weet sy vrou van haar? Weet sy vrou eers dat hy in 'n ongeluk was? Ten minste weet sy nou hy is in die hospitaal maar dit beteken hy moes ernstig seer gekry het. Haar hart krimp ineen. Die onsekerheid wat in haar begin posvat, wys op haar gesig en dit breek Kaitlin se hart om te sien hoe haar ma binne-in haarself baklei met botsende emosies.

Kaitlin druk haar ma se rukkende lyf teen haar vas. Sy voel hoe die trane deur haar hemp sypel en 'n nat kol op haar skouer maak. Wat kan sy doen om haar pyn te verlig? Sy voel so magteloos.

Na 'n lang tyd begin Alet se snikke bedaar. Sy beur weg van Kaitlin en leun agteroor teen die stoel se rugleuning. "Hoekom?" kreun sy met bewende lippe. "Hoekom het hy vir my gelieg?"

Toe sy niks verder sê nie, staan Kaitlin op om weer die ketel te kook.

"Ma?" Kaitlin raak aan Alet se arm. "Hier is 'n lekker warm koppie koffie."

Traag maak Alet haar oë oop en staar dof voor haar uit. Haar gesig is rooi en pofferig as sy die trane van haar wange afvee.

Kaitlin skuif die koppie nader aan Alet. "Drink Ma se koffie. Ma sal beter voel."

"Dankie, my kind," ingedagte vat Alet 'n slukkie. "Kan jy my wys wat jy gekry het?" Alet kyk vraend na Kaitlin.

"As Ma dit graag wil sien, ja," knik Kaitlin.

Hulle drink in stilte hulle koffie klaar. Dan sê Kaitlin: "Ek gaan gou my laptop haal."

Kaitlin maak Facebook oop en wys vir Alet die boodskappe. Terwyl Alet se oë daaroor gly, begin haar skouers weer ruk.

"Ek kan dit nie glo nie. Nie van hom nie. Hy het so opreg voorgekom. Ek kan nie glo dat hy vir my sou lieg nie, nie oor dit nie," snik Alet.

"Wil Ma vir Daleen 'n vriendskapversoek stuur? Net om te bevestig dat hy wel getroud is?" vra Kaitlin versigtig.

Alet kyk vol vertwyfeling na die rekenaarskerm. As hulle bevestig dat Daleen Bernhard se vrou is, is dit finaal verby tussen haar en Bernhard. Maar dis beter om die waarheid te weet al maak dit seer. Sy knik vir Kaitlin.

Kaitlin stuur vir Daleen 'n vriendskapsversoek en maak haar laptop toe. "Kan ek vir Ma 'n broodjie maak? Ma het nog niks geëet vandag nie."

"Ek is nie honger nie," prewel Alet met nikssiende oë wat voor haar uitstaar.

Kaitlin vat ferm aan haar skouer. "Ma moet iets eet." Sy begin toebroodjies maak en sit 'n bord voor hulle elkeen neer.

Alet peusel halfhartig en vryf dan oor haar voorkop. "My kop wil bars. Ek gaan bietjie lê."

"Ek sal 'n pil en 'n glas water kamer toe bring."

Alet stap slaapkamer toe asof in 'n dwaal en gooi haarself op die bed neer. Nadat Kaitlin vir haar die hoofpynpil laat drink het en die gordyne toegetrek het, vat sy Alet se selfoon. "Slaap Ma so bietjie. Ek sal Ma se foon dophou vir ingeval hy kontak maak." Sy trek saggies die deur agter haar toe.

Haar ma weet dit net nie, maar as die oupa dit waag om te bel, sal sy wat Kaitlin is hom goed uitmekaar skeur. Hy is 'n vieslike vark en het haar ma op hom verlief gemaak terwyl hy goed geweet het hy lieg vir haar. Nou het die waarheid uitgekom en haar ma seergekry en dis alles sy skuld. Hy moes haar net uitgelos het. Sy het van die begin af geweet die oupa is slegte nuus.

Elke nou en dan kyk Kaitlin op Facebook of Daleen al Alet se vriendskapsversoek aanvaar het. Sy gee later op en gaan lê op die bank en lees totdat Alet gaap-gaap by die sitkamer instrompel.

Kaitlin gooi haar boek op die koffietafel neer en sit regop. Alet se hare is deurmekaar en dis duidelik dat sy weer gehuil het. "Hoe voel Ma nou?"

Alet probeer glimlag. "So-so, dankie, my kind."

Kaitlin se hart krimp ineen as sy sien hoe hard haar ma probeer om die trane terug te hou.

"Het daar al enige iets op Facebook gebeur?" vra Alet onseker.

"Ek kyk gou weer." Kaitlin maak haar laptop oop.

Alet kom sit langs haar op die bank en Kaitlin draai die rekenaar sodat Alet ook die skerm kan sien. Daleen het sowaar intussen Alet se vriendskapsversoek aanvaar en vir haar 'n boodskap gestuur:

Hallo, Alet. Bly te kenne. Ek is sommer nuuskierig, ken ons mekaar van iewers af? Daleen

Alet se hart klop in haar keel en hoop vlam in haar hart op.

"Wat moet ek antwoord?" vra Kaitlin.

Alet frons. Moet sy met die deur in die huis val en vir Daleen sê dat sy en Bernhard in 'n verhouding is en sy wil weet hoe dit met hom gaan na die ongeluk? Of moet sy eers meer subtiel wees en probeer uitvind of Daleen werklik Bernhard se vrou is? As hulle getroud is, is die kanse goed dat Daleen nie van haar weet nie. As Bernhard vir haar gelieg het, het hy verseker vir sy vrou ook gelieg.

"Sê vir haar ek en Bernhard het by 'n seminaar ontmoet," kies Alet die meer subtiele benadering. "En vra hoe gaan dit met hom."

Kaitlin tik die boodskap en wys dit vir Alet voor sy dit stuur.

Die voordeur klap toe en Johan kom gooi sy rugsak op die vloer neer voor hy in 'n stoel val.

"En wat gaan hier aan dat hier niks aangaan nie?" vra hy glimlaggend. As hy Kaitlin en sy ma se strak gesigte sien, verdwyn sy glimlag. "Wat's fout? Is iemand dood?" vra hy bekommerd.

Kaitlin en Alet kyk vir mekaar. "Wil Ma hom vertel of moet ek?"

Alet haal diep asem voordat sy praat. "Johan, oom Bernhard is in die hospitaal."

"Hoekom? Wat het gebeur?" Johan skuif vorentoe op sy stoel.

"Hy was in 'n motorongeluk."

"Jis, dis nou sleg. Ek hoop nie hy het daai mooi kar van hom afgeskryf nie. Kan ons vir hom gaan kuier? Gaan hy oukei wees?"

"Ek hoop so," Alet vee moeg oor haar gesig. "Ek probeer nog uitvind hoe ernstig hy seer gekry het ... "

"Vertel vir hom die res ook, Ma," por Kaitlin.

Met trane in haar oë stotter Alet: "Dit lyk of hy dalk 'n vrou en 'n kind het. Maar ons is nog nie honderd persent seker nie."

Johan spring op en gaan sit met sy arm om Alet se skouers. "Jissie, Ma. 'n Vrou én 'n kind? Hy het dan gesê hy is 'n alleenloper," sê Johan kwaad.

"Wel, Boeta, hy het gelieg. Ek sê mos van die begin af hier is 'n slang in die gras," sê Kaitlin.

"Stadig nou, Kaitlin. Ons moet dit nog bevestig. Dalk is dit net 'n misverstand," sê Alet hoopvol.

Kaitlin snork. Johan slaan met sy vuis in sy ander hand. "So 'n vullis! As ek my hande op hom kan lê, wurg ek hom sowaar."

"Stadig, Seun. Ons het nog nie al die feite nie," maan Alet.

"Waar daar 'n rokie trek, brand daar 'n vuurtjie," mor Johan.

"Dis wat ek ook sê," kom dit van Kaitlin.

"Het Daleen al gereageer, Kaitlin?" vra Alet.

Kaitlin kyk op haar rekenaar en wys vir Alet die boodskap van Daleen af:

Hallo Alet. Bernhard is nog in die hospitaal.

Hoofstuk 16

By die hospitaal gaan Daleen direk na Dirk toe. Sy verwyl nie baie tyd nie en verskoon haarself om te gaan kyk hoe dit met sy pa gaan. Hy aanvaar dit met 'n heftige kopknik.

By Bernhard se kamer aangekom, is sy net betyds om die dokter by die deur te sien ingaan.

"Goeiemôre, Mevrou," groet die dokter vriendelik en Daleen voel dadelik beter. "Kom groet ons pasiënt. Kyk, hy het sy oë oopgemaak."

Daleen kan haar ore nie glo nie. In 'n paar treë bereik sy Bernhard se bed en vat sy hand.

"Hy is nog erg deurmekaar Mevrou, maar wat belangrikste is dat hy uit die koma is. Moenie geskok wees as hy onsamehangend is nie." Met die woorde verlaat hy die vertrek.

"Bernhard? Kan jy my hoor?" Daleen leun oor hom en hou sy gesig dop. "Bernhard?"

Hy kreun saggies en begin mompel. Sy leun oor hom met haar oor by sy lippe om te hoor wat hy sê maar hy praat so onsamehangend en onduidelik dat sy geen woorde kan uitmaak nie. Met haar hand op sy voorarm staan sy en wag vir hom om nog iets te sê.

Toe hy weer onrustig begin mompel, kan sy Dirk se naam uitmaak en verbeel sy haar of het hy Alet ook genoem?

Bernhard is nog baie rusteloos maar dan vlieg sy oë oop. Deurmekaar kyk hy rond in die kamer en fluister: "Alet... "

Daleen se hart krimp ineen maar sy hou haar stem normaal as sy sê: "Ek is hier, Bernhard. Dis ek, Daleen."

"Waar de hel is ek?" vra hy verwilderd. Sy oë soek angstig in die kamer rond.

"Jy is in die hospitaal. Jy en Ronel was in 'n motorongeluk. Als is reg, ek is hier." Daleen druk sy hand gerusstellend.

"Wat van Ronel? Is sy oukei?"

"Sy is oukei. Ontspan jy nou net."

"Watter dag is dit?"

"Jy is al 'n paar dae in die hospitaal."

"Wat van Dirk?" vra Bernhard onrustig en probeer regop kom. "Ek moet by hom kom. Hoe erg het hy seergekry?" Daleen druk hom saggies maar ferm terug op die bed.

"Dirk is oukei, Bernhard. Hy word binnekort ontslaan," paai sy terwyl sy die natgeswete hare van sy voorkop afvee.

Sy oë val met 'n sug toe.

Daleen druk die klokkie en die verpleegster kom kyk na Bernhard. Kort voor lank is die dokter ook daar.

"Welkom terug, meneer Kriek," glimlag die dokter.

Bernhard glimlag effens en knik net, duidelik nog lomerig van die pynmedikasie.

Die dokter maak sy keel skoon. "Het u met meneer Kriek gepraat?" hy kyk vraend na Daleen.

"Ja, Dokter. Hy het my uitgevra oor ons seun en sy beserings."

"Ek is bly u voel beter, meneer Kriek. Ek het gereël dat 'n neuroloog u sien. Dit sal nie lank neem nie. Mevrou, u kan sommer net hier wag."

Die portier staan reeds en wag om Bernhard uit te stoot. Daleen gaan sit en wag angstig.

Sy is baie verlig toe sy die gekraak van die bed se wiele in die gang hoor. Hierdie keer verbeel sy haar nie. Die dokter is baie ongemaklik.

"Meneer Kriek, ek het nie baie goeie nuus nie. Die senuwees in u bene reageer nie na wense nie. Ons kan onmiddellik begin met fisioterapie."

"Wat beteken dit in gewone leketaal?" vra Bernhard angstig.

"Enige iets is nog moontlik. Moenie nou al bekommerd raak nie."

Bernhard sluit sy oë. Daleen sit haar hand op sy arm. Haar hart krimp ineen van jammerte vir hom. "Alles sal regkom, Bernhard," sê sy saggies. "Ek en die kinders is hier vir jou." Sy vou haar hande om sy koel hand wat slap op die deken langs hom lê.

Bernhard maak stadig sy oë oop en kyk verslae na Daleen. Is dit sy vrou, die een wat hy so misbruik het? Hoekom verwerp sy hom nie nou nie? Hy verdien nie hierdie vrou wat so besorgd oor hom buig nie. Trane wel in sy oë op.

"U moet nou rus," maan die dokter wat die wisselende emosies op sy pasiënt se gesig sien en beveel die verpleegster om Bernhard 'n inspuiting te gee. "Die liggaam genees die vinnigste as mens slaap."

Daleen hou Bernhard se hand vas totdat hy aan die slaap raak. Sy bel die kinders terwyl sy motor toe stap en daarna vir Ronel om die goeie nuus met hulle te deel. Hulle is oorstelp dat Bernhard bygekom en gepraat het.

Op pad huis toe hardloop haar gedagtes wye sirkels. Wat is dit wat die dokter nie vir hulle sê nie? Wat as Bernhard nooit weer kan loop nie? Hy wat altyd so selfstandig is ... Hoe gaan hy aanpas as hy afhanklik moet wees van haar en die kinders? Sal hulle in staat wees om hom by te staan? Iets vlam in Daleen op en sy lig haar kop.

Sy kon nog altyd alles hanteer wat na haar kant toe gekom het. Hy is immers haar man, die pa van haar kinders. Miskien loop alles tog beter af as wat die dokter verwag en dan was sy verniet swartgallig. Sy sal versigtig moet wees wanneer sy die kinders vertel - sy wil hulle nie negatief beïnvloed nie maar hulle moet besef dat Bernhard se herstel 'n lang tyd kan neem en druk op hulle almal gaan plaas. As almal saamwerk, sal hulle die situasie oorwin. Dit kan sy met sekerheid sê.

"Kontak my enige tyd as u enige vrae hoegenaamd het," hoor sy weer die dokter se simpatieke stem.

Sy kon net verslae na sy bene staar wat roerloos onder die deken lê. Hierdie keer kan sy die trane wat oor haar wange loop, nie keer nie. Sy kry hom so jammer, en vir haarself en haar kinders ook. Sy is egter vasbeslote om 'n voorbeeld te stel, beheer oor die situasie te neem en te doen wat nodig is om bo uit te kom.

Daleen was so ingedagte dat sy nie eers die dokter sien uitstap het nie. Haar gemoed wissel tussen wanhoop en hoop, en tussen-in probeer sy uitpluis hoe Bernhard se toestand hul gesin se leefwyse gaan beïnvloed.

Sy parkeer haar motor in die motorhuis net toe die piepgeluid van Bernhard se selfoon haar na die hede terugbring. Sy ignoreer die geluid, maak die motordeur oop en verdwyn in die huis.

In haar slaapkamer haal sy vinnig die foon uit haar sak. Sy ontsluit die foon en begin die boodskappe een vir een deurgaan. Sy antwoord waar sy kan en verduidelik die situasie so kort en positief moontlik.

Een van die boodskappe kom van Alet af. Haar vinger huiwer vir 'n oomblik voordat sy daarop druk en dit begin lees.

Bernhard, wat gaan aan? Ek is rasend van bekommernis. Laat weet my ASSEBLIEF of jy oukei is.

Sy laat sak die foon en staar na haarself in die spieël. Sy staal haarself vir wat sy vermoed op haar wag. Hoekom is 'n gevoel van onheil besig om in haar hart pos te vat? Voorspel hierdie boodskap iets wat sy liefs nie wil weet nie? Dit klink nie heeltemal soos die tipe boodskap wat 'n kliënt of kollega sal stuur nie. Moet sy terug antwoord? Sy besluit sy gaan eers die boodskap ignoreer en lees die res van die boodskappe klaar.

Haar volgende taak is om Bernhard se laptop oop te maak om te kyk of daar ook enige boodskappe is waarop sy moet antwoord.

Nadat sy deur sy emails gegaan het, gaan sy in op sy Facebookprofiel. Daar is 'n hele paar boodskappe van sy kollegas wat hom sterkte en spoedige beterskap toewens. Gelukkig is hier geen verrassings nie en sy dateer haar eie Facebookblad ook op.

Kan die Alet op Bernhard se selfoon en die een op Facebook dieselfde persoon wees? Daar is net een manier om seker te maak. Daleen se hand huiwer vir 'n paar oomblikke op die muis voordat sy vir Alet 'n boodskap stuur:

Dagsê Alet. Is jy dalk dieselfde Alet wat boodskappe op Bernhard se foon gelos het?

By die hospitaal gaan sit Daleen langs die slapende Bernhard se bed. Asof van ver hoor sy die bekende piepgeluid wat 'n boodskap aandui. Sy maak die skerm oop en herken Alet se naam. 'n Stemboodskap smeek om geluister te word. Sy versteen as die stem tot haar deurdring.

"Bernhard, wat gaan aan? Het jy seergekry? Bel my asseblief!" hoor sy Alet se histeriese stem.

Daleen luister oor en oor na die boodskap. Dit is beslis nie 'n bekommerde kollega se stem nie. Sy het nog nooit Alet se naam gehoor nie. Is sy 'n kliënt? As sy 'n kliënt was, sou sy só geklink het, selfs onder die omstandighede?

'n Gedagte kom by Daleen op: Sy wonder of sy weet van Dirk wat ook in die hospitaal is, maar Alet het niks van Dirk gevra nie.

"Wie de hel is Alet?!" skryn dit deur Daleen se hart.

Sy staar peinsend na Bernhard se gesig terwyl die gedagtes deur haar kop maal. 'Bernhard, waarmee was jy weer besig? Was my vermoedens dan alweer reg?'

'n Warboel van vertwyfeling is besig om Daleen te oorrompel. Moet sy die boodskap nou antwoord? Moet sy dit ignoreer? Moet sy wag tot Alet weer bel? Stadig maar seker dring die besef tot haar deur: Bernhard was weer ontrou.

Ontredderd gryp sy haar handsak en met 'n woedende blik na die siek man op die bed, storm sy by die kamerdeur uit.

Sy raak eers bewus van haar omgewing as sy die kantien binnestap. Sy gaan sit by 'n tafeltjie en bestel vir haar tee. Die gedagtes wat haar teister, is genoeg om haar van haar kop af te dryf. Genadiglik dring die klokkie wat besoektyd aandui, tot haar deur.

Sy koop vir Dirk 'n pakkie biltong en nog 'n sjokolade en stap vinnig na sy kamer. Sy probeer haar bes om haar emosies onder beheer te kry sodat sy ten minste normaal kan voorkom terwyl sy by hom is.

Dirk se gesig verhelder as hy sy ma sien.

"Jis, dankie, Ma. Ek kort nou nog net 'n rugbywedstryd op daai TV-skerm daar bo," sê hy deur 'n kies vol biltong.

Daleen lag. Dis lekker om te sien hy lyk soveel beter as vroeër.

"Het Ma al die dokter gevra of ek vir Pa kan gaan kuier?" Dirk prop nog 'n hand vol biltong in sy mond terwyl hy vraend na Daleen kyk.

Daleen weet sy kan nie meer uitstel nie. Sy weifel vir 'n oomblik en neem dan sy hand. "Seun, dit sal nog bietjie moet wag. Pappa is nog baie siek maar ek sal dit binnekort kan reël," sê sy saggies.

Dirk kyk geskok na haar. "Wat? Rêrig, Ma?" Trane wel in sy oë op en hy vra met 'n bewende stem: "Gaan Pa oukei wees?"

Daleen sit haar hand gerusstellend op sy arm. "Pappa het sy bewussyn herwin en jy kan binnekort vir hom gaan hallo sê," paai sy. Sy sê vir eers niks daarvan dat Bernhard se bene nog 'n probleem is nie. Sy sal nog aan 'n manier dink om dit sagkens aan die kinders oor te dra as dit sou blyk dat die skade dalk permanent is.

Na besoektyd dwing sy haarself om terug te gaan na Bernhard se kamer. Vanoggend was sy dankbaar dat hy uit die koma is. Nou moet sy met hom praat. Sy verspeel nie baie tyd nie en vol moed stap sy by sy kamer in.

Sy is teleurgesteld as sy sien dat Ronel reeds daar is.

"Hallo, Ronel, dis goed om jou te sien." Daleen draai na Bernhard en gee hom 'n vinnige piksoen op sy wang. "Hoe voel jy nou?"

"Ek het al beter gevoel," lag Bernhard half verleë. Hy is verras dat die twee vrouens saam vir hom kom kuier.

"Ek het jou selfoon gebring," sê Daleen terwyl sy die foon op sy bedkassie neersit. Is dit haar verbeelding of lyk Bernhard vir 'n vlietende oomblik gespanne? Sy wonder hoeveel hy onthou van voor die ongeluk.

"Hoe voel jý, Ronel?" vra Bernhard.

"Ag, ek was seer en gekneus, maar ek is nou weer reg. Ek het baie ligter daarvan afgekom as jy," sê Ronel verskonend. "Ek is regtig jammer oor die ongeluk. Dit was so onnodig."

"Ronel, dit was nie jou skuld nie. Ek moes jou nie die heeltyd aangehits het om vinniger te ry nie," keer Bernhard.

"Gelukkig is niemand dood nie en dit lyk of almal darem goed sal herstel," sê die altyd-praktiese Daleen. Sy besef Bernhard onthou meer as wat hy laat blyk.

"Voor ek vergeet, Bernhard, iemand het gebel terwyl ek langs die pad vir die ambulans gewag het," sê Ronel. "Dalk moet jy haar terugbel. Sy het baie geskok geklink toe sy hoor ons was in 'n ongeluk."

Daleen merk dat Bernhard verbleek en sy asem intrek.

"Het sy gesê wie sy is?"

"Ja, maar ek kan nie lekker onthou nie. Ek dink dit was iets soos Alma of Alta."

"Ek sal later uitvind. Dis nie nou belangrik nie," probeer hy die situasie afmaak as niks. Daleen het egter die skrik in sy oë gesien toe Ronel die name genoem het.

"Almal het op Facebook vir jou boodskappe van sterkte en beterskap gestuur," vertel Daleen.

"Sê asseblief vir hulle dankie vir die goeie wense," sê Bernhard en vee oor sy gesig.

"Ek dink jy moet so gou moontlik vir Alma of Alta of wat haar naam ook al is, kontak," maan Ronel. "Sy was erg ontsteld."

"Iemand met die naam Alet het vir my op Facebook ook 'n boodskap gestuur om uit te vind hoe dit met jou gaan," waag Daleen om te sê. Sy hou Bernhard stip dop.

"Wat het jy vir haar gesê?" vra Bernhard skor.

"Ek het nie geantwoord nie. Ek ken haar nie," sê Daleen.

Die geselskap wil maar net nie weer vlot nie en almal is verlig wanneer die einde van besoektyd aanbreek. Daleen groet Bernhard met 'n piksoentjie op sy voorkop. Bernhard staar haar agterna toe sy en Ronel uitloop. Hulle verhouding was maar oppervlakkig, maar vanaand was sy besonder koud en afsydig.

'n Bekommerde Bernhard bly agter. Iets pla hom maar hy kan nie sy vinger daarop lê nie. Wat het net voor die ongeluk gebeur? As hy net kan onthou...

Daleen klim uit die motor en heerlike gebraaide kosreuke sweef na haar. Die tweeling het seker weer gekook, dink sy dankbaar.

"Hallo, Mamma," groet Marna en Mieke.

"Hallo, my meisies." Daleen probeer haar bes om te glimlag. "Dit ruik tog te heerlik hier."

"Ag, ons het gedink Mamma gaan moeg wees wanneer Mamma terugkom van die hospitaal af. Toe maak ons sommer iets lig," sê Mieke terwyl sy vir Daleen 'n drukkie gee.

"Wanneer kan ons vir Pappa gaan kuier, Mams?" vra Marna van die stoof af waar sy die kos roer.

Daleen staar fronsend na die vloer. Albei dogters kyk vraend na haar toe sy opkyk. "Kom ons wag tot Rikus ook hier is."

Die tweeling kyk vir mekaar en dan terug na Daleen.

"Hy kuier nog by 'n maatjie," sê Mieke.

Die dogters sien die teleurstelling op Daleen se gesig. Sy het gehoop sy kan sommer dadelik met die kinders praat oor Bernhard maar nou sal sy eers moet wag tot Rikus ook daar is. Nee, besluit sy. Sy gaan solank met die meisies praat want as sy nou weer uitstel, begewe haar moed haar dalk weer.

"Is daar 'n probleem met Pappa?" vra Marna bekommerd.

"Wel, ek kan julle seker net so wel sê. Pappa kan nie op die oomblik sy bene gebruik nie."

Daleen se hart krimp ineen as sy die skok op die meisies se gesigte sien. "Onthou, dis nie permanent nie en hy gaan dadelik met behandeling en oefening begin sodat sy bene kan herstel," sê Daleen vinnig.

Rikus onderbreek die gesprek toe hy by die agterdeur instorm met die honde kort op sy hakke.

"Hallo, hallo," groet hy uitasem. Wanneer hy almal se ernstige gesigte sien, bedaar hy en vra: "Wat nou? Hoekom lyk julle almal so suur? Het die kos nou weer gebrand?" Hy lig 'n pot se deksel op en loer in.

"Nee, man, Boetie. Moenie jou simpel hou nie." Marna vat die deksel uit sy hand en sit dit terug op die pot.

"Rikus, kom sit hier by my." Daleen trek twee stoele by die tafel uit en hy plak homself langs haar neer.

"Ek het nou net vir jou susters vertel. Pappa het baie seergekry en…"

Rikus gryp Daleen se hand en vra met bewende lippe: "Gaan hy doodgaan, Mamma?"

"Nee, die dokter is tevrede met sy toestand." Daleen trek ingedagte 'n grassie uit sy stowwerige hare.

"Wats dan fout?" vra Rikus fronsend. "My verjaarsdag is oor 'n paar weke en hy het belowe… " sterf Rikus se stem saggies weg.

Daleen sluk. Rikus sien al weke lank uit na sy en Bernhard se afspraak vir sy verjaarsdag. "Pappa se bene werk nie op die oomblik nie maar die dokter het gesê alles sal regkom met die behandeling wat hulle hom gaan gee," sê Daleen terwyl die trane in haar oë opdam.

Die kinders staar met bleek, geskokte gesigte na Daleen. Marna begin snik en Mieke sit haar arms om haar en druk haar vas. Rikus gooi sy arms om Daleen se nek en probeer die snikke terughou maar slaag nie daarin nie.

"Kan ons vir Pappa gaan kuier?" vra Marna met 'n dun stemmetjie.

"Ja, ons kan almal vanaand gaan. Julle wil seker vir Dirk ook graag sien," glimlag Daleen bewerig.

"Ja, ek het 'n nuwe truuk wat ek vir hom wil wys," sê Rikus en vir 'n oomblik is sy gedagtes by sy broer en vergeet hy van sy pa.

"Stadig, Rikus. Dirk is nog siek. Hy moet hom stil gedra," maan Daleen.

"Ag, Ma, ek sal mos nou nie iets onverantwoordelik doen nie," grinnik hy. "Trust me."

Daleen glimlag halfhartig. "As iemand sê jy moet hulle vertrou, beteken dit gewoonlik probleme."

"Ag, Ma, nie noodwendig nie. Ek's nou so honger soos 'n bul wat vir 'n jaar lank nie 'n graspol gesien het nie." Rikus kyk verwagtend na die tweeling wat nog met hulle arms om mekaar staan.

"Die kos is klaar. Ek sal opskep." Mieke draai na die stoof om die potte nog een laaste roer te gee.

Na ete bondel Daleen die kinders in die motor. Daar heers 'n gedempte atmosfeer en almal is stil tot by die hospitaal.

"Onthou nou, Pappa is baie siek. Hy is op sterk pynmedikasie wat hom laat slaap. As ons by hom kuier, gaan hy dalk die hele tyd slaap en dan moet ons maar stil wees," waarsku Daleen die kinders toe hulle by die hospitaal instap.

"Sal ons eers vir Dirk gaan groet?" vra Daleen terwyl hulle in die gang afstap.

Die kinders knik instemmend.

"Hi, julle," grinnik Dirk.

Dis 'n oor en weer gegroetery en vinnig is die kinders aan die lag en gesels. Rikus bewonder Dirk se gips wat vol prentjies geteken is en die tweeling teken nog 'n paar rugbyballe by waar hulle nog 'n oop gaatjie kan kry.

Die kinders gesels só dat hulle nie eers die klokkie hoor lui wat die einde van besoektyd aankondig nie. 'n Verpleegster loer glimlaggend by die kamerdeur in en jaag hulle aan om te groet.

"Suster, kan die kinders gou by hulle pa gaan inloer?" vra Daleen.

"Natuurlik. Moet net nie te lank bly nie," maan die verpleegster goedig.

Die kinders volg Daleen na Bernhard se kamer. Hulle staan grootoog op 'n ry net binne die deur en staar na Bernhard wat doodstil tussen die pype en piepende masjiene lê en slaap. Vir die eerste keer in 'n lang tyd is hulle sonder woorde.

"Kom, kinders, ons kan niks verder hier doen nie. Ons kan môre weer kom." Hulle stap traag voor Daleen by die deur uit.

Nadat almal in die bed is, neem Daleen 'n warm bad en kruip ook in die bed. Sy staar in die donker na die plafon. 'Ag Bernhard, sal jy gesond word, al is dit net om my te vertel wat het gebeur? Waarmee was jy besig? Ek het so gehoop ek kan jou vertrou.' Sy maak haar oë toe en saggies bid sy: Spaar my dit, asseblief. Trane rol in die donker oor haar wange.

Hoofstuk 17

Vroeg die volgende oggend lui Bernhard se foon op Daleen se bedkassie. Daleen weifel vir 'n oomblik voordat sy die moed bymekaar skraap en antwoord.

"Hallo, Daleen hier."

"Hallo, Daleen. Dit is Alet," sê Alet huiwerig.

"Môre, Alet. Ons sal seker moet praat, né?"

"Daleen, eerstens moet ek vir jou sê ek is baie jammer oor Bernhard en Dirk. Ek het nie geweet nie."

"Ek glo jou, Alet, want ek ken vir Bernhard." Sy hoor Alet haar asem rukkerig intrek en sy vervolg: "Daar is iets wat jy moet weet," begin Daleen versigtig. Toe daar geen reaksie van Alet se kant af is nie, gaan Daleen voort: "Bernhard is nie wie jy dink hy is nie."

Daleen hoor hoe Alet weer haar asem skerp intrek. "Hoe bedoel jy?"

"Hy het 'n gesin. 'n Vrou en vier kinders."

Alet wil dit nie glo nie. Dan gaan daar 'n hoopvolle liggie in haar brein op.

"Is hy geskei?"

"Nee, hy is getroud."

"Is jy seker?" vra Alet huiwerig.

"Ja, ek is."

"Maar met wie?" Alet is nie seker of sy wil weet nie.

"Met my," kom dit saggies maar beslis van Daleen.

Alet snak na haar asem. 'n Lang, geskokte stilte volg voor Alet skor antwoord: "Ek is so jammer, Daleen. Ek het nie geweet nie," stotter Alet tussen die snikke deur.

Daleen weet nie wat om te sê nie. Dis duidelik dat Alet diep gevoelens vir Bernhard het en dat hierdie 'n baie moeilike gesprek vir haar is. Dit moet 'n reuse skok vir haar wees om al die inligting gelyktydig te hoor en te verwerk. Die arme vrou ...

"Hy het vir my gesê hy is 'n alleenloper en het nie 'n gesin nie. Hoe kon hy?" Alet blaas haar neus. "Het jy geweet van ... ons?" vra sy huiwerig.

"Nee, ek het nou eers agtergekom hy sien 'n ander ... iemand. Toe jy vir my 'n vriendskapsversoek op Facebook stuur, het ek gedink jy is dalk 'n kollega of 'n kliënt. Ek het jou stemboodskappe op sy foon gekry Ek het julle boodskappe gelees... "

Daleen se lippe bewe as die woord 'verhouding' op haar lippe huiwer. Sy weet nou Bernhard het 'n verhouding, met 'n ander vrou. Doelbewus. Hy het presies geweet wat hy doen. Hy kan nie eers sê dit het net per ongeluk gebeur nie. Nie dat dit dit enigsins sou beter maak nie. Hy bly 'n getroude man.

"Ek is regtig jammer, Daleen. As ek geweet het hy is getroud ... " Alet snik so histeries dat sy nie verder kan praat nie.

Hoe troos ek die vrou met wie my man 'n affair het, wonder Daleen. Wat 'n vreemde situasie. Al waaraan sy kan dink om te sê, is: "Ek neem jou nie kwalik nie, Alet. Jy het nie geweet nie," probeer sy Alet paai dat sy tot bedaring kan kom.

"Ek sal nóóit willens en wetens met 'n getroude man deurmekaar raak nie," sê Alet verslae. "Ek sal nooit 'n gesin opbreek nie."

Dit raak vir 'n rukkie stil asof nie een weet wat om volgende te sê nie. Dan kom Alet se bewende stem:

"Is Bernhard oukei? Is hy buite gevaar?"

"Die dokter is tevrede met sy toestand. Hy het nogal ernstig seergekry. Hy is nog op baie sterk pynmedikasie en hulle monitor hom nog konstant met masjiene." Sy hoor hoe Alet snak na haar asem en 'n snik losruk uit haar bors.

"Hoekom? Is hy in 'n koma?"

Daleen kan die bekommernis in Alet se stem hoor.

"Nie meer nie. Hy het gister bygekom," sê Daleen saggies. "Hy het ernstige beserings aan sy arms en bene opgedoen. Hy gaan vir 'n hele ruk behandeling daarvoor moet kry maar die dokter glo hy sal ten volle herstel."

Alet haal 'n slag diep asem voor sy sê: "Ek hoop hy word gou gesond, Daleen, en ek bedoel dit uit my hart."

"Dankie, Alet," sê Daleen. Huiwerig vervolg sy: "As jy wil, sal ek jou op hoogte hou."

"Dankie. Ons praat weer."

Alet voel lam nadat sy en Daleen afgelui het. Kan dit waar wees? Was Bernhard só vals? Sy het geen rede gehad om enige iets wat hy haar vertel het van homself, te betwyfel nie.

Kaitlin was toe al die tyd reg. Bernhard was nie wat hy voorgegee het om te wees nie. Sy voel verraai en kwaad. Hulle het oor die toekoms gepraat, saam planne gemaak en nou hoor sy hy is 'n getroude man, met kinders. Hoe kon hy so oneerlik gewees het? Het hy gedink sy sal nooit uitvind nie? Hoe lank was hy van plan om die leuen te leef?

Alet ruk haar kop op as die voordeurklokkie lui. Sy het nie nou lus vir geselskap nie maar die volgende oomblik loer Rina se gesig by die deur in.

Rina steek geskok vas as sy Alet se rooigehuilde oë sien. Sy stap vinnig nader en gaan sit langs Alet.

"Ai, my vriendin, ek weet nie wat om vir jou te sê nie," probeer Rina troos met haar arm om Alet se skouers.

"Jy weet nog nie die helfte nie," snik Alet. "Ek het sopas met sy vrou gepraat."

Onsamehangend vertel Alet vir Rina van haar gesprek met Daleen.

Hoofstuk 18

Die kinders gesels opgewonde in die motor op pad hospitaal toe vir besoektyd. Hulle kan duidelik nie wag om Bernhard te sien en met hom te gesels nie.

Rikus stoot vir Dirk in 'n rolstoel by Bernhard se hospitaalkamer in. Die ander kinders bondel by die deur in, gevolg deur Daleen.

"Hi, Pa," grinnik Dirk. "Ek hoop Pa voel beter as wat Pa lyk."

"Ja, jis, Pa. Pa lyk nie goed nie, lyk asseblief oor," las Rikus laggend by.

"Hallo, seuns." Bernhard se oë vee oor Dirk wat met 'n arm en been in gips in sy rolstoel sit. Iewers in sy onderbewussyn raak hy bewus van 'n skuldgevoel maar hy weet nie hoekom nie.

Die tweeling storm op Bernhard af en gooi hulle arms om hom. Hy versteen en knyp sy oë toe. "Eina ... " kreun hy, rou pyn duidelik in sy stem.

"Sorry, Pa. Ons is net so bly Pa is oukei," praat die dogters oormekaar terwyl hulle Bernhard vinnig los en terugstaan.

Bernhard glimlag deur sy pyn om hulle gerus te stel. "Onkruid vergaan mos nie," spot hy met homself.

Besoektyd is te gou verby en die jongklomp is traag om hulle pa te verlaat. Een vir een groet hulle vir Bernhard en Daleen gee hom 'n piksoen op sy wang ter wille van die kinders.

"Ek gaan vir meneer Kriek pynmedikasie gee. Dit sal hom laat slaap tot besoektyd vanaand," gesels die verpleegster.

Na aandete tob Daleen: sal sy of sal sy nie? Daar is net een manier om uit te vind. Sy maak Bernhard se laptop oop en gaan kyk na die lys van webblaaie wat hy die meeste besoek het die afgelope tyd. Haar bloed ys in haar are as sy 'n dating webblad kry. Sy klik op die skakel en dit gaan reguit na Bernhard se profiel. Sy vind die gesprekke tussen Bernhard en Alet net nadat hulle mekaar leer ken het.

Asof gehipnotiseer, lees sy die boodskappe wat tussen hulle gestuur is. Haar hart krimp ineen as sy sien dat Bernhard vir Alet sê hy is 'n alleenloper. So, hy ontken nie net sy vrou nie maar sy kinders ook. Gee hy so min vir hulle om?

Sy slaan die laptop heftig toe. Sy het genoeg gesien. Sy weet nou presies hoe die situasie tussen Bernhard en Alet ontstaan het. Duidelik het Alet nie gejok nie. Sy het nie geweet van haar en die kinders nie.

Terwyl sy later met 'n koppie koffie in die bed sit, dink sy aan die boodskappe tussen Bernhard en Alet. Sy wil eers kwaad wees vir Alet maar besef dat Alet die onskuldige party is. Alet weet net wat Bernhard haar wysgemaak het. Bernhard is die een vir wie sy moet kwaad wees. Hy het vir Alet vertel hy is ongetroud en het nie 'n gesin nie.

'n Jammerte vir die ander vrou begin in Daleen opwel. Alet ken nie vir Bernhard soos sy haar man ken nie. Sy wonder wat se tipe mens is Alet rêrig? Wat het sy en Bernhard in mekaar gesien?

Hoofstuk 19

’n Paar weke gaan verby. Bernhard word ontslaan en is op pad huis toe.

“Wel, meneer Kriek, die behandeling doen u baie goed. Daar is reeds ’n verbetering in die krag in u arms en hande, veral die regterkant. Van nou af kan u tuis gaan aansterk. Kom net gereeld terug vir u behandeling en sorg dat u die oefeninge getrou doen,” glimlag die dokter bemoedigend.

Bernhard knik dankbaar en wag vir Daleen om hom te kom haal.

Hy weet nie hoe hy die jammerte op mense se gesigte gaan hanteer as hulle sy rolstoel opmerk nie. Hy kan nie meer wag om weer op sy eie twee bene te staan nie - letterlik - en die bewondering te sien in die blik wat vrouens oor hom gooi nie. Hy weet dit gaan baie harde werk wees maar hy is vasbeslote om alles te doen wat hy kan om die volle gebruik van sy arms én bene terug te kry.

Nadat Daleen vir Bernhard gemaklik gemaak het by die huis, wonder sy of sy vir Alet sal laat weet hy is nou tuis.

Sy besluit om wel vir Alet te laat weet en skakel haar buite hoorafstand van Bernhard.

Toe Alet sien dis Daleen wat skakel, spring haar hart in haar keel. Sy het nie verwag om ooit weer van Daleen te hoor nie. Het Bernhard iets oorgekom?

"Hallo, Daleen," antwoord sy onseker.

"Môre, Alet. Ek wou net laat weet dat dit beter gaan met Bernhard. Hy is vanoggend ontslaan."

Alet trek haar asem diep in en huiwer vir 'n oomblik, onseker van wat om te sê. "Ek is bly, Daleen. Wat is sy kanse om ten volle te herstel? Ek bedoel, dink die dokters nog steeds hy sal sy arms en bene weer kan gebruik?"

Daleen speel oop kaarte met Alet. "Hy is nog in 'n rolstoel en kry nog behandeling. Sy een arm het al ten volle herstel maar die ander een nog nie."

"Dis goeie nuus. Ek is bly vir jou Daleen... vir julle almal," sê Alet saggies.

Daleen kan die opregtheid in Alet se stem hoor. Dit gee haar die moed om voort te gaan: "Wil jy nie oorweeg om 'n draai by ons te kom maak nie?"

Daar is 'n paar oomblikke stilte voor Alet huiwerig antwoord: "Dink jy dit is 'n goeie idee? Na alles wat gebeur het?"

"Dalk sal dit goed wees vir ons albei om mekaar te sien, om afsluiting op die situasie te kry."

"Ja, dalk is dit nie 'n slegte plan nie," sê Alet onseker voor sy beslis antwoord: "Goed, ek sal kom."

Daleen hou gespanne die straat van die stoep af dop terwyl sy wag vir Alet om te arriveer.

Uiteindelik parkeer Alet op die sypaadjie en Daleen verstom haar aan die mooi vrou wat uit die motor klim. Vinnig stap sy hek toe om vir Alet te verwelkom.

"Ek is bly jy is hier, Alet. Miskien is ek meer nuuskierig oor jou as jy oor my!" Albei lag senuweeagtig, maar dit breek die ys.

Alet is onseker of sy Daleen se hand moet skud of haar 'n drukkie gee. Toe Daleen niks doen nie, volg Alet haar stilswyend na die oop voordeur. Daleen draai na haar en saggies fluister sy:

"Hy weet nie jy is hier nie, dus moet jy verwag dat hy geskok gaan wees. Tussen jou en my is ons in beheer van die situasie."

Bernhard sit agter sy lessenaar voor die rekenaar. Hy kyk gesteurd op as Daleen instap.

"Het jy oorweeg om tee te bring, Daleen?" vra hy en verstar as hy Alet agter Daleen sien instap. As hy in staat was om op te staan, het hy seker deur die venster gespring. Hy snak nog na asem as Alet se stem tot hom deurdring.

"Hallo, Bernhard."

Bernhard is sprakeloos en knik net terwyl sy hart in sy keel klop.

"Ek het vir Alet genooi om ons te besoek," sê Daleen terwyl sy Bernhard se gesig sien verbleek.

Alet besluit sy gaan Bernhard geensins genadig wees nie. Die vernedering om hom hier in sy eie huis by sy vrou te sien, maak haar roekeloos. Sy het baie emosies om te ontlaai en wil hê dat hy moet voel wat hy aan haar gedoen het. Sy vee haar sweterige handpalms teen haar rok af en tree nader aan die lessenaar voor sy begin praat.

"Bernhard, ek is jammer oor jou ongeluk en ek is jammer oor jou … e … e … bene. Ek dink jy het tyd gehad om te besef wat jy aan mense doen? Jy maak jou vrou seer en jy verneder ander vrouens. Besef jy hoe 'n besonderse vrou jy het? Jy het lieflike kinders, maar jy ontken hulle. Het jy geen gevoel van menslikheid of integriteit nie?" Alet se wange vlam rooi van ingehoue emosies wat deur haar spoel. Sy kyk vernietigend na Bernhard en hy kyk skuldig na die vloer.

"Hoe sy dit regkry om jou te vergewe verstaan ek nie. Dit moet ware liefde wees, en glo my, ek het nog geensins lus om dit te doen nie. Ek verag jou optrede, teenoor my en my kinders. Besef jy dat ek aan Kaitlin moes erken dat sy reg was oor jou?"

Trane begin onbeheersd oor Bernhard wange stroom. Hy vou vooroor en stut sy kop in sy hande terwyl sy skouers ruk van die snikke. Die vrouens kyk vir mekaar terwyl hy veg om beheer oor sy emosies te kry.

Na 'n paar minute kyk hy op en vee oor sy nat wange.

"Ek is jammer, so jammer," stotter hy, sy stem dik van emosie. Hy kyk om die beurt na Daleen en Alet.

Daleen stap nader en druk sy skouer.

"Ek het gesê wat ek wou. Dankie vir jou gasvryheid, Daleen, en alle sterkte met die moeilike pad wat voorlê. Bernhard, ruk jouself reg. En pas jou vrou op," voeg sy bitsig by. Alet draai op haar hakke om terwyl sy die prentjie van die man en vrou voor haar in haar hart bewaar. Sy voel beter noudat sy vir Bernhard gesê het wat sy vir hom wou sê. Miskien sal dit hom tot inkering bring en hom en Daleen kan help om te versoen.

"Ek stap saam," sê Daleen. Sy is bitter jammer vir Bernhard maar wat Alet vir hom gesê het, het hopelik tot hom deurgedring.

Twee maande later het die Krieke se huislike lewe aangepas by Bernhard wat nog steeds in 'n rolstoel is. Hulle sit gesellig om die etenstafel en gesels terwyl hulle smul aan Daleen se kos.

"Dankie, Daleen, die kos was heerlik," sê Bernhard terwyl die tweeling die tafel afdek. "Ek gaan so bietjie probeer werk voor ek gaan slaap, as jy nie omgee nie?"

Daleen knik glimlaggend.

"Ek sal Pappa studeerkamer toe vat." Rikus spring agter Bernhard se rolstoel in en stoot hom geselsend studeerkamer toe.

Hy dink nog soms aan Alet. Hy mis haar al minder. Hy mis nie die opwinding van 'n nuwe verhouding en die verliefdheid wat daarmee saamgaan nie. Hy skrik uit sy mymering toe Daleen instap.

"Kan ek vir jou 'n koppie koffie bring?" vra sy met 'n klein glimlaggie om haar lippe.

"Dankie, dit sal lekker wees. Stoot my sommer kombuis toe. Ek is nou klaar hier." Hy skakel die rekenaar af en Daleen stoot die rolstoel versigtig kombuis toe.

Terwyl Daleen die koffie maak, staar Bernhard stil na haar. Hy merk die grys hare op wat hier en daar tussen die bruin hare gesprinkel is. Hy sien die fyn plooitjies om haar oë en mondhoeke en wonder vir hoeveel daarvan hy verantwoordelik is. Hy verwyt homself vir wat hy aan sy huwelik gedoen het. Wat sal sy kinders doen as hulle weet dat hy keer op keer deurmekaar was met ander vrouens? Is dit werklik die voorbeeld wat hy aan hulle wil stel?

Hy weet hy kan net dankbaar wees vir 'n vrou soos Daleen. Haar soort is yl gesaai. En sy is regtig lief vir hom en toegewy aan hom en die kinders anders sou sy hom lankal gelos het. Hy wil net getrou bly aan Daleen. Hy sal die res van sy lewe daaraan wy om te vergoed vir die verlede.

Hoofstuk 20

Bernhard en Daleen kyk geskok na die dokter.

"Bedoel u... ek is permanent verlam?" fluister Bernhard.

Daleen neem sy hand. "Ons sal hierdeur kom, my man."

"Die rehabilitasie het ongelukkig perke, meneer Kriek. Dit het alreeds wondere verrig, baie meer as wat ek verwag het toe ek oorspronklik die ernstigheid van u beserings geassesseer het."

"Maar... 'n rolstoel... vir die res van my lewe..." 'n snik ruk los uit Bernhard se bors.

"Ek is jammer," sê die dokter simpatiek.

Later sit Bernhard kop onderstebo op die stoep toe Daleen uitgestap kom.

Sy druk Bernhard se skouer en gaan sit op die stoel langs sy rolstoel.

Hulle sit in stilte, elkeen besig met sy eie gedagtes.

Bernhard lig sy kop en staar oor die mooi tuin. Niks het verander nie, dink hy, niks behalwe hyself nie. Hoekom was 'n byna noodlottige ongeluk nodig om hom tot sy sinne te ruk? Dan krimp hy innerlik ineen.

As dit nie gebeur het nie, wat sou sy lewe beteken het? Het hy gedink hy sal vir die res van sy lewe probeer het om 'n casanova te wees? Was dit alles die moeite werd as dit die mense naaste aan hom seermaak?

Daleen is sy vrou, die ma van sy kinders en die lieflikste mens wat hy ken. Die gedagte ruk deur hom en maak hom lam van skok. Hoekom besef hy vandag eers die waarheid? Daleen is sy anker, sy standvastigheid. Sy siek binneste wou altyd die ewige jagter wees, asof hy nie genoeg kon kry van die bevrediging om vrouens te oorrompel nie. Dit terwyl Daleen gesmag het na sy aandag en intimiteit met haar man.

Die besef maak hom geestelik moeg. Hy voel asof hy homself uit hierdie verpestelike rolstoel kan werp en flenters voor haar voete val.

"Daleen," fluister hy hees met 'n stem vol ingehoue emosies. "Daleen, sal jy my ooit kan vergewe? Hoe moet ek vergoed vir jou pyn waarvan ek die oorsaak was? Sal 'ek is jammer' ooit genoeg wees?"

Daleen staar na hom en trane begin oor haar wange rol. Sy los hom om klaar te praat want sy besef dat hy hierdie woorde met sy eie mond moet sê.

Na 'n lang ruk staan sy op en kniel voor sy stoel. Sy hou sy bewende hande vas en met 'n sekerheid in haar stem begin sy praat:

"Bernhard, ons gaan nooit weer hieroor praat nie. Dit is verby. Ek het voor die kansel gesweer om jou lief te hê en by te staan, onder alle omstandighede. Ook dit wat ons nou moes beleef. Ek vergewe jou."

"Dankie, Daleen, ek verdien dit nie..." begin hy swakkies verdedig.

"Stil nou, Bernhard, ons begin 'n nuwe lewe, hier, vandag. Ons lewe vanuit 'n rolstoel. Let wel, ons, ... jy en ek, sonder enige invloede van buite. Soms wil ons ons eie lewe beplan, maar dit werk nie altyd so uit nie."

Sy staan effens op, vou haar hande om sy gesig en soen hom sag en vol deernis op sy bewende lippe. Sy arms gly om haar nek as hy haar nader trek.

Agter hulle staar vier paar kinder-oë vol ongeloof na 'n toneeltjie wat hulle nie ken nie.

"Jis, ouens, die ou mense is wragtig gross. Vry so in die openbaar!" sê Rikus vies.

"Toe nou, gaan speel jy buite, jy verstaan niks," kom dit van die tweeling wat die voordeur toedruk om hul ouers privaatheid te gee.